제임스 조이스의 『젊은 예술가의 초상』 읽기

세창명저산책_034

제임스 조이스의 『젊은 예술가의 초상』 읽기

초판 1쇄 인쇄 2015년 8월 20일
초판 1쇄 발행 2015년 8월 25일
–
지은이 박윤기
펴낸이 이방원
기획위원 원당희
편집 윤원진·김명희·안효희·강윤경·김민균
디자인 손경화·박선옥
마케팅 최성수
–
펴낸곳 세창미디어
출판신고 2013년 1월 4일 제312-2013-000002호
주소 120-050 서울시 서대문구 경기대로 88 냉천빌딩 4층
전화 02-723-8660
팩스 02-720-4579
이메일 sc1992@empal.com
홈페이지 http://www.sechangpub.co.kr/
–
ISBN 978-89-5586-299-7 03840

이 도서의 국립중앙도서관 출판시도서목록(CIP)은 서지정보유통지원시스템 홈페이지(http://seoji.nl.go.kr)와
국가자료공동목록시스템(http://www.nl.go.kr/kolisnet)에서 이용하실 수 있습니다.
CIP제어번호: CIP2015022141

James

JOYCE

세창명저산책_034

박윤기 지음

제임스 조이스의 『젊은 예술가의 초상』

읽기

세창미디어
MEDIA

머리말

    1916년 『젊은 예술가의 초상』이 처음 나왔을 때 제임스 조이스의 나이는 34세로, 소설의 제목처럼 아직은 젊은 예술가로서 글을 쓰고 있었다. 이 작품은 마지막 문장인 "더블린 1904. 트리에스테 1914"에서 알 수 있듯이 꽤 오랜 기간 고심하며 쓴 글이다. 노르웨이의 극작가인 입센은 예술가를 자기가 속한 사회나 조국 그리고 심지어는 가족과의 유대도 단절해야 하는 숙명을 지닌 사람으로 정의했다. 그에 따르면, 예술가는 가깝고 먼 사람들로부터 초연해야 하며 사회적인 환경으로부터도 초월해야 한다. 이 말인즉 가족이나 친지들과의 유대를 포기하고 남편이나 부모로서의 희생도 감수해야 한다는 말이다. 입센으로부터 영향을 받은 아일랜드의 조이스는 실제로 그의 이론에 부합하는 삶을 살았다.

    조이스는 예술가가 되는 과정에서 가정이나 종교 그리고

조국과의 유대감을 완전히 단절한다. 그는 그리스 신화에서 다이달로스가 깃털과 밀랍으로 만든 날개를 이용해 크레타의 미궁으로부터 탈출하는 것처럼, 예술가라는 야망의 날개를 달고 상상력을 저해하는 아일랜드로부터 벗어나고자 한다. 이에 그는 『젊은 예술가의 초상』이라는 작품에서 스티븐 데덜러스라는 페르소나를 내세워 예술가적 상상력으로 비상하는 꿈을 실현시킨다. 여기서 비상이라는 꿈은 예술가로서 진리의 현시일 뿐만 아니라 예술가가 되기 위해 가정과 종교 그리고 조국으로부터 자발적으로 망명하는 것에 대한 은유이기도 하다. 따라서 그의 유럽이라는 태양을 향한 비상은 자기가 태어나고 성장한 아일랜드를 벗어나는 것이자 그의 예술적 상상력의 정점이며 예술가로서 맞이하는 운명의 상징이라고 할 수 있다.

문학적 성취를 위해 조국인 아일랜드를 떠난 예술가들이 조이스만은 아닐진대, 그는 문학적 소양이 뛰어난 대중들이 있고 다양한 문화적 체험이 보장되며 더 자유로운 언론이 있는 바다 건너의 나라들을 누구보다도 경험하고 싶어 했다. 그는 자발적으로 망명길에 올랐고 망명의 시기에 원하던 작품을 완성했다. 이렇게 해서 나오게 된 『젊은 예술가의 초상』은 자유를 추구한 예술가로서 스티븐의 성장과 발전 과정에 대한 탐구를 보여 준다. 특이한 점은 예술가를 꿈꾸는 한 젊은이의 개인적인 성장기를 다루면서도 일기 형식의 마지막 부분을 제외하면 작품의 상당 부분이 1인칭 시점이 아닌 3인칭 시점으로 서술되고 있다는 점이다. 이는 형식을 강조했던 모더니즘 문학의 자연스러운 특징이기도 하지만, 시간의 순서를 따르면서도 중요한 사건이 에피소드의 방식으로 나열되어 있는 내용을 더욱 객관적으로 관찰할 수 있도록 배려한 작가의 의도로도 볼 수 있다.

따라서 여타의 문학이 대개 그러하지만 특히나 이 작품을 연구하는 데에는 독자들의 적극적인 관찰과 참여가 요구된다. 작품의 주된 내용은 스티븐 데덜러스라는 젊은이가 예술가로서의 길을 선택하기까지의 이야기이다. 감성과 상상력이 풍부하고 언어를 통해 세상을 인식하기 시작한 그가 예술가를 의도하는 것은 어쩌면 당연한 것일 수 있다. 하지만 예술가로서의 인생을 출발하기까지에는 여러 가지 갈등 요인과 해결해야 할 문제점들이 있다. 먼저, 그는 성장기의 아이들이면 누구나 겪게 되는 성적인 욕망과 예수회 소속의 학교에서 교육을 받았기 때문에 더욱더 크게 느끼는 죄의식 사이에서 갈등한다. 또 그는 영국으로부터 아일랜드의 독립을 위해 투쟁한 파넬을 배척하는 가톨릭의 성직자들과 신도들을 보면서 정치적인 현실에 실망을 느낀다. 여기엔 종교에 헌신할 것을 요구한 어머니의 요청과 신앙심을 잃은 주인공 사이의 타협할 수 없는 문제가 얽혀 있기도 하다. 그렇지만 그는 정치나 신앙심 그리고 가족에 대한 책임감 등 직면하고 있는 문제와 그로 인한 갈등을 떨쳐 버려야 할 구속이라 여기고, 자유롭게 상상력을 발휘할 수 있는 예술가로서의 길을 선택한다. 이것이 바로 작품의 내용이며, 『젊은 예술가의 초상』은 이러한 스티븐의 선택으로 끝을 맺는다.

|CONTENTS|

1장
들어가면서

    제임스 조이스James Joyce의 작품은 20세기 전반기에 유럽과 미국 대륙을 휩쓴 모더니즘이라는 문예사조를 대표한다. 그러므로 조이스의 명성은 특별한 것이고 정당한 것이기도 하다. 실제로 그는 20세기를 대표하는 가장 뛰어난 소설가로 평가받고 있다. '조이스 산업Joyce Industry'이라는 말에서 알 수 있듯이 전 세계적으로 그의 작품을 연구하는 학자가 늘어났고, 그들에 의해 생산되는 연구물 또한 끝없이 이어진다. 기실 셰익스피어를 제외하곤 그보다 더 많은 연구물이 나오는 경우도 없다. 그럼에도 조이스의 작품이 읽기에 어렵다는 인식으로 일반 독자들이 접근을 망설이게 되는 것도 사실이다. 물론 이러한 인식은 어느 정도 사실이지만, 어느 정도는 편견이나 선입견에 근거한 것이기도 하다. 무엇보다 그의 작품은 일상에 대한 사실주의적인 묘사와 삶에 대한 긍정적인 유머로 가득 차 있어 읽으면 읽을수록 더 많은 즐거움을 누릴 수 있다.

조이스의 명성은 그의 개인적인 삶의 궤적과 관계가 깊다고 할 수 있는데, 그는 22세가 되던 해 조국인 아일랜드를 떠나 유럽으로 갔고 그곳에서 글쓰기를 계속했다. 그는 자신을 망명자라 여겼고 망명자로서 외로움을 느끼기도 했으나, 세계시민주의자라는 자부심에 위안을 얻기도 했다. 1920년 조이스는 파리로 오게 되는데, 이는 그가 모더니스트 작가로서 선도자가 된다는 측면에서 의미가 크다. 19세기가 끝나 갈 무렵 서구의 예술은 당시의 사회적인 분위기를 반영했고, 형식과 정교함에 있어 완숙기에 접어들었다. 하지만 문명화된 부르주아 사회의 이면에는 여전히 완고하고 답답하며 위선적인 면이 내재되어 있었다. 따라서 예술에 있어서도 원초적인 섹슈얼리티나 기이한 상상력과 같은 창의적인 것들은 표현의 제한을 받았다. 19세기만 하더라도 사회는 역동적인 창의성을 활성화하거나 근원적인 충동의 표출을 허용할 만큼 자유로운 분위기가 아니었다.

하지만 세상은 변화되고 있었고 사람들의 인식에도 변화가 감지되기 시작했다. 1899년 프로이트는 『꿈의 해석』을 출판하는데, 이 책에서 그는 인간의 정신세계를 의식과 무의식으로 나누면서 욕망이나 충동과 같은 비이성적인 것과 성적인 욕구는 무의식의 영역인 이드id로부터 분출되는 것이라고 주장한다. 이제 사람들은 보이는 것뿐이 아닌 보이지 않는 의식이나 욕망 그리고 충동까지도 주목하기 시작했고, 이는 자연스럽게 예술의 분야에도 영향을 주었다. 1907년 피카소는 「아비뇽의 아가씨들」이라는 파격적인 그림을 그리게 되는데, 이 그림에는 신체가 무섭게 뒤틀린 기하학적인 형체의 벌거벗은 여인들이 등장한다. 이 작품은 입체파의 시작을 알리는 전조로서의 기능과 함께 서유럽에서 기존의 사실적이고 인상적인 미술양식을 해체하는 역할을 한다. 입체파 그림에서 사물을 상대적으로 보는 관점은 과학계에서 일대 혁명을 일으킨 아인슈타인의 상대성 이론과 유사한 측면이 있다. 이보다 몇 년이 지난 1913년은 음악에 있어서 혁신의 해라고 할 수 있는데, 스트라빈스키의 「봄의 제전」이 바로 그 시발점이다. 파리 샹젤리제 극장에서 그의 음악이 공연되자 청중들은 파격적인 불협화음과 선동적인 원시성에 큰 반향을 보여 주었다. 이렇듯 예술 전반에 걸친 일련의 혁신들은 이후 시대적인 상황과 어우러져 모더니즘이라는 예술사조가 나타나게 되는 기제로 작용한다.

1914년 제1차 세계대전이 발발하면서 유럽사회는 그야말로 격변에 휩싸이게 되는데, 그러한 격변의 양상은 모더니즘이라는 사조 안에 고스란히 집약된다. 제1차 세계대전은 이제까지 안정되고 번창했던 유럽의 많은 나라들을 파괴적인 갈등에 휘말리게 했다. 이런 와중에 러시아에서는 혁명이 일어났고 공산주의라는 전혀 새로운 형태의 사회구조가 만들어졌다. 4년에 걸친 지루한 전쟁이 끝나 갈 무렵, 당시 유럽에서 가장 큰 제국이었던 오스트리아 헝가리 제국이 무너지면서 크고 작은 나라들로 분리되었다. 이러한 사회적인 격변과 맞물려 예술적인 변혁도 함께 이루어지는데, 예술을 넘어 철학의 분야에서도 작가들은 이른바 모더니즘의 특징을 보이는 작품을 구상하기 시작했다. 문학에서도 모더니즘의 특징을 띠는 작품들이 나타나는데, 그중 1922년의 「황무지」는 문학에서의 새로운 시대를 여는 획기적인 작품이었다. 작가인 T. S. 엘리엇Eliot은 이 작품을 통해 20세기 초 모더니스트 작가로서의 좌절감을 세밀하게 묘사하고 있다. 1922년은 또한 기존의 심오한 철학을 정밀한 논리로 명쾌하게 풀어내는 오스트리아의 철학자, 비트겐슈타인의 『논리철학논고』가 나온 해이기도 하다. 하지만 무엇보다 이해에 초월적 모더니즘 계열의 작품인 조이스의 『율리시스Ulysses』가 나온 것이 가장 큰 의의가 된다. 『율리시스』는 조이스 개인뿐만 아니라 문학사 전체에서도 상당히 독창적인 작품이다. 이 작품에서 가장 특징적인 요소는 '의식의 흐름stream of consciousness'이라는 글쓰기 방식인데, 이는 인간의 마음속에 흐르는 사고, 환상, 충동, 어두운 이미지를 철저하게 묘사하는 것이다. 의식의 흐름을 포착하는 일은 프로이트의 아나키스트적인 무의식이 문학 형식으로 전이된 특징이라 할 수 있는데, 이를 반영한 조이스의 글쓰기 방식은 20세기 전반기에 문학에 대한 인식을 총체적으로 재고하도록 만들었다. 그리고 그의 역작인 『율리시스』
는 모더니즘 문학의 진수를 보여 주는 작품이자 포스트 모
더니즘의 도래를 알리는 작품이기도 하다.

　모더니즘이란 문학 분야를 비롯하여 1890년대부터 1940년
대까지의 시각예술, 음악, 무용, 건축양식 등에서 나타난
일련의 현상을 일컫는다. 즉, 모더니즘은 전 세계에 걸쳐
많은 시인, 극작가, 소설가들이 공통적으로 지향했던 문학
의 흐름이라고 할 수 있다. 이 당시 모더니즘을 추구한 일군
의 예술가들은 기존의 표현양식에서 벗어나 도시, 산업, 기
술, 속도, 시장, 전쟁, 대중매체 등에 관심을 집중하기 시작
했다. 번역가, 편집자, 저널리스트 등은 문화적 기운이 활발
한 도시인 파리, 플로렌스, 비엔나, 프라하, 런던, 베를린, 뉴
욕에 걸쳐 활동했고, 특히 작품을 쓰는 작가들은 지방색이
나 민족의식 그리고 국가라는 경계를 넘어 활동하려는 성
향이 강했다. 버지니아 울프는 1910년 12월을 "인간의 마음
에 변혁이 일어난 때"로 보았는데, 실제로 이 시기에 작가
들 사이에서 창의적인 움직임이 활발하게 일어나기 시작했
다. 이후 10여 년은 현대적인 의미에서 지적인 자극이 전례

없이 강했던 시기로 이는 문학사에서 마법과도 같은 시기였다. 문학이 현대적이라는 의미는 에즈라 파운드의 말대로 "새롭게 만드는 것"이다. 모더니즘의 틀 속에서 보자면, 조이스는 버지니아 울프, 프란츠 카프카, 윈덤 루이스, 거트루드 스타인, 필리포 마리네티, 포드 매독스 포드, T. S. 엘리엇, 마르셀 프루스트, 그리고 헤밍웨이와 같은 작가들에 속한다.

조이스는 『젊은 예술가의 초상A Portrait of the Artist as a Young Man』에서 주인공인 스티븐 데덜러스Stephen Dedalus를 통해 자신의 미학이론을 제시하게 되는데, 그 이유는 에즈라 파운드나 T. S. 엘리엇 등 당시의 모더니즘 작가들이 작품을 다루는 태도와 밀접한 관련이 있다. 이들은 문학작품에 접근하는 데 있어 대개 내용보다는 형식에 더 많은 관심을 기울였다. 이는 울프가 "소설은 플롯만으로 객관적인 인상을 모방해서는 안 되고, 단순히 작품의 내용을 전달하는 것이 더 이상 모더니스트 작가들의 일거리가 아님"을 지적한 것과 맥을 같이하는 것이다. 이처럼 기교와 문체를 다양화함에 따라 예술은 더 순수하고 더 독창적으로 된다는 것이 모더니즘 작가들의 공통된 생각이었다. 그 결과 모더니즘 작가들은 작품을 통해 자신들의 이론을 설명하거나 그러한 이론을 자기의 작품에서 직접 적용하려 하였다. 이는 『젊은 예술가의 초상』에서 조이스를 대신한 스티븐이 자신의 예술이론을 설명하는 부분을 통해서도 직접 확인할 수 있다. 여기서 스티븐이 설명하는 예술이론은 문학의 내용보다는 형식에 관련한 것으로, 당시 모더니즘 문학의 특성을 대변하는 것이다. 하지만 언어와 문학 형식에서의 획기적인 실험이 언제까지 지속될 것인지는 누구도 예측하지 못했고, 또 그러한 실험이 언제까지나 지속되는 것도 아니었다. 1930년대에 엘리엇과 같은 작가들은 다시 전통적인 문학 형식으로 회귀하였고, 에즈라 파운드나 윈덤 루이스와 같은 작가들은 이탈리아나 독일의 파시스트 정치학에 매료되기 시작했다. 그럼에도 모더니즘을 대표하는 작가인 조이스는 당대 문학가들의 분위기에 휩쓸리지 않았고, 꾸준히 자신만의 독특한 문학적 실험을 고수하며 작품에 적용시켜 나갔다.

2장
제임스 조이스의 생애
─ 예술을 위한 예술가의 삶

　제임스 조이스는 1882년 2월 2일 더블린 근교의 라스가에서 태어났다. 그의 부모님은 존 조이스와 메리 제인이었고, 그는 10남매 중 맏이였다. 어머니는 가톨릭교회의 합창단원으로 같은 단원이었던 남편을 만났다. 이 때문에 조이스는 자랄 때 노래와 음악에 친숙했다. 아버지와 어머니 두 분 다 목소리가 좋았고 오페라를 좋아했다. 존은 아버지의 친구였던 헨리 알레인이 경영하는 양조회사의 서기였다가 이후 세무서에서 일자리를 얻는다. 1892년 존은 그동안 해오던 세금 징수원직을 잃게 되는데, 이때부터 그는 무기력해진다. 그는 더 이상 이렇다 할 직업을 구하지 못하고 시간제로 신문사 광고 청탁 같은 일을 전전하게 된다.

1888년 9월 조이스는 킬데어 주에 있는 예수회 소속의 클롱고즈 우드 칼리지Clongowes Wood College에 입학한다. 클롱고즈 칼리지는 아일랜드의 명문 기숙학교였다. 조이스는 그곳에서 가장 어린 학생이었는데, 나이에 대한 질문을 받고 대답한 "여섯 살 반half-past six"이라는 표현에서 "여섯 시 반"이라는 별명을 얻게 되었다는 일화가 있다. 이 시기는 그가 가족과 처음으로 떨어져 살게 되는 때인데, 당시 중산층의 아이들이 클롱고즈 같은 기숙학교에서 생활하는 것이 특별한 일은 아니었으나, 그곳에서 누구보다도 어렸던 그는 집에 대한 향수로 힘들어했다. 그는 공부를 잘했지만 동급생들과 어울리는 데는 서툴렀고 스스로를 외톨이라고 느꼈다. 이 시기는 그가 성장하는 데 매우 중요한 기간이라고 할 수 있으며 이때의 경험은 『젊은 예술가의 초상』에서 자세하게 묘사된다. 그는 엄격한 예수회 교육을 받게 되는데, 그러한 교육은 아이러니하게도 그가 가톨릭교회를 멀리하게 되는 원인이 된다. 그런데 그가 교회로부터 멀어지게 되는 데에는 가톨릭교와 성직자들에 관해 불평을 늘어놓곤

했던 아버지의 영향도 컸다. 『젊은 예술가의 초상』을 보면 독립운동가였던 파넬Parnell을 몰락시킨 가톨릭교와 신자들에 대한 반감이 사이먼 데덜러스Simon Dedalus를 통해 표출되고 있는데, 이러한 감정은 조이스가 어릴 때부터 보아 왔던 아버지 존의 그것이라고 할 수 있다.

1891년 조이스는 재정적인 문제로 클롱고즈 칼리지를 그만두게 된다. 그 후 2년이라는 비교적 긴 시간 동안 그는 집에서 간간이 어머니의 도움을 받으며 독학한다. 어머니는 롱포드 포도주상의 딸로 상냥하고 세련된 품성을 지녔으나 무기력한 남편 때문에 고생을 많이 하였다. 그녀는 결혼 후 13년 동안 10명의 아이들을 낳았으나 하는 일 없이 빈둥거리는 남편 때문에 정신적으로나 경제적으로나 극심한 어려움을 겪는다. 이러한 상황은 이후 『젊은 예술가의 초상』에서 자세하게 묘사되고 있는데, 작품에서 스티븐의 경우도 형제자매가 10명이나 되고 그 때문에 힘겹게 살아갈 수밖에 없는 어머니의 모습이 그려진다. 조이스는 가계가 기울 때마다 더욱더 작은 집을 찾아 이사를 다녀야만 했는데, 집세가 없어 야반도주를 한 적도 있다고 전해진다. 이후에도 아버지 존은 하는 일마다 실패를 거듭하게 되고, 그럴 때마다 점점 더 방탕해져 갔다. 푼돈이라도 생기면 영락없이 술집으로 달려갔고 재기할 가능성은 더욱더 희박해져 갔다. 처음에 그는 자녀들에게 재미있는 이야기도 해 주고 틈이 날 때마다 놀아 주기도 하던 아버지였지만, 시간이 갈수록 무기력해져 갔고 이따금씩 폭력성을 보이기도 했다.

집에서 독학을 하던 조이스는 동생인 스태니슬로스Stanislaus와 함께 다시 학교에 다닐 기회를 얻는다. 이때는 1893년으로 그가 11세 무렵이었다. 클롱고즈 칼리지에서 교장이었던 콘미Conmee 신부는 같은 예수회 재단인 벨비디어 칼리지Belvedere College의 학감이 되는데, 그는 조이스와 동생이 학비를 내지 않고도 학교에 다닐 수 있도록 배려해 준다. 새로운 학교에서 공부할 수 있게 된 조이스는 유럽문학에 열정을 쏟기 시작하는데, 그는 입센이나 단테Dante A. 그리고 플로베르와 같은 작가들의 작품을 유독 좋아했다. 그리고 이들은 조이스의 삶에서 평생 문학의 우상들로 남는다. 조이스는 벨비디어에서 탁월한 재능을 발휘했고 깊은 신앙심을 인정받아 1895년 성모 마리아 신도회의 회장으로 선출

된다. 하지만 그는 예수회 신부들의 가르침에 의혹을 갖게 되며 학교를 졸업할 즈음엔 하느님에 대한 믿음에도 회의적이 된다. 그러나 그가 가톨릭교의 신앙심을 온전히 버린다는 것은 결코 쉽지 않은 일이었다. 그에게 학교에서 배운 가톨릭의 교리는 교회를 떠난 후에도 여전히 영향력을 발휘했고, 가톨릭 교의는 그의 작품에서 언제나 중요한 주제로 남는다.

조이스는 벨비디어에서 뛰어난 성적을 자랑했으며, 1894년 시행된 국가 경시대회를 시작으로 여러 차례 우수학생으로 선정된다. 그는 부상으로 상금이 나오면 가족들을 데리고 극장이나 고급 음식점으로 향했고 아낌없이 돈을 썼다. 그는 우수한 성적 덕분에 이후 더블린에 있는 유니버시티 칼리지University College에 입학할 기회를 얻는다. 하지만 이 무렵 그는 사춘기에 접어들어 있었고 청소년기의 성적인 욕망 때문에 육체적으로나 정신적으로나 극심한 고통을 겪게 된다. 그는 어느 날 극장에서 돌아오던 중 홍등가를 배회하다 그곳의 여성과 육체적인 관계를 맺게 된다. 조이스가 살던 곳은 몽고메리라는 거리의 이름을 따서 '몬토Monto' 혹은 '나이트타운'으로 불렸던 유명한 홍등가 주변이었다. 당시 그는 신도회의 회장이었지만, 그러한 직책이 그의 성적인 욕망을 억제하지는 못한다. 그러다 1896년 피정 기간을 맞아 학교에서 듣게 된 컬렌Cullen 신부의 지옥에 관한 설교는 그에게 수치심과 두려움을 동시에 불어넣는다. 이때의 컬렌 신부의 설교는 『젊은 예술가의 초상』에서 아널Arnall 신부의 설교로 세밀하게 재현된다.

1898년 조이스는 벨비디어 칼리지를 졸업하게 되는데, 그해 여름은 그가 교회의 위선에서 벗어나기로 결정한 때로, 인생의 전환점이 된다. 물론 그가 정통 가톨릭교회로부터 멀어지게 된 데에는 홍등가에서의 이른 성경험이 결정적이었다고 할 수 있다. 그는 스스로 성적인 욕망이 강력하다는 것을 느끼고 있었는데, 그러한 욕망을 죄악시하는 예수회 신부들의 태도는 그에게 죄의식만을 강화시켰다. 하지만 그는 인간적인 본능에 충실한 것은 성적인 욕망을 수용하는 것이고 종교가 이를 억압하는 것은 지나치다는 생각을 가지고 있었다. 그는 욕망이 인간에게 자연스러운 것이라 믿었고 그러한 욕망을 부정하는 종교라면 결국 떠날 수밖에 없을 것이라고 생각했다. 그는 욕망에서 비롯된 자신의 경험을 통해서 가톨릭교회의 교의가 인간적인 실상과는 맞지 않다는 것을 깨달았다. 이제 선택의 순간이 다가왔고, 그는 가톨릭으로부터 인간애에 대한 가치로, 하느님에 대한 믿음에서 인간의 본능을 따르는 쪽으로 결심을 굳혔다. 마침내 조이스는 인간의 본능을 받아들이고 그것에 부합하는 삶을 살기로 결정하는데, 그는 그러한 부분을 충족시켜 주는 것이 종교가 아닌 예술이라고 믿었다. 따라서 그가 종교의 사제가 아닌 예술의 사제가 되겠다고 다짐하는 것은 확고한 자신의 신념에서 비롯한 결정이라고 할 수 있다. 그리고 이러한 다짐은 『젊은 예술가의 초상』 중 해안가에서 새bird의 이미지를 한 소녀의 모습을 보고 느끼는 스티븐의 경험으로 되풀이된다. 해변을 걷다 신성과 세속이 결부된 아름다운 소녀를 응시하던 스티븐은 한순간 사제로서의 삶보다 예술가로서의 삶이 훨씬 더 의미 있음을 에피파니epiphany*를 통해 깨닫게 된다. 이렇게 해서 그는 비록 살면

---

* 에피파니는 본래 베들레헴에서 탄생한 아기 예수의 모습에서 인성과 신성이

서 잘못하고 때로는 타락하는 일이 생기더라도 인간의 아름다움을 찬미하며 인간적인 감정을 온전히 받아들이고 표현할 줄 아는 예술가가 되리라 다짐한다.

그는 신부가 되어 감실 앞에서 향로를 흔드는 일은 결코 없으리라. 그의 운명은 사회적 종교적 질서로부터 벗어나는 것이었다. 교장 선생님의 호소가 아무리 현명하더라도 그를 감화하지는 못했다. 그는 남들과는 떨어져 자신만의 지혜를 배우거나 덫으로 가득한 이 세상을 떠돌아다니면서 다른 사람들의 지혜를 배워야 할 운명이었다.

1898년 가을 조이스는 유니버시티 칼리지에 들어가는데, 이 대학은 프로테스탄트 계열의 명문대학인 트리니티 칼리지Trinity College에 맞서는 가톨릭 계열의 학교였다. 유니버시티 칼리지는 가톨릭교의가 엄격하게 지켜지던 진부한

___

합쳐진 모습을 인식하는 숭고한 순간을 뜻하는 것으로, 가톨릭의 예배식과 관련이 있다. 조이스는 이러한 개념을 예술이론으로 전용하는데, 그는 에피파니를 사소한 말투나 몸짓 등에서 정신적인 계시를 얻는 순간으로 보고 있다.

분위기의 학교였다. 그곳엔 한때 저명한 시인이기도 했던 G. M. 홉킨스가 재직하기도 했으나 이제는 학문적인 명성보다는 매슈 아놀드의 동생으로 오히려 더 잘 알려진 토마스 아놀드가 영문학과의 교수직을 맡고 있는 것으로 유명할 뿐이었다. 반면에 트리니티 칼리지의 영문학과에는 에드워드 다우덴과 같은 세계적인 학자가 있었다. 하지만 어차피 문학에 전념하기로 마음을 굳힌 조이스는 영어는 물론 불어나 이탈리아어까지도 폭넓게 공부했다. 특히 현대극에 관심이 많았던 그는 1900년 입센의 「우리 죽은 자 깨어날 때」에 관한 평론을 썼다. 그는 「입센의 신극」이라는 심리학적 분석의 이 평론을 『포트나이틀리 리뷰』에 실으면서 자신의 이름을 알린다. 이 글은 곧 입센의 주의를 끌게 되고, 그로부터 감사의 편지를 받는다. 입센의 편지는 작가 지망생이었던 조이스에게 커다란 영향을 주게 된다. 이로부터 그는 주변에 있는 여러 나라의 언어나 문학에 더 큰 관심을 가지고 연구에 전념한다. 1901년 그는 스케핑턴 Skeffington과 함께 자비를 들여 소책자 형식의 글을 출판하기도 한다.

1902년 유니버시티 칼리지를 졸업한 조이스는 한 문학 동아리에서 조지 러셀이라는 더블린의 작가를 만나게 된다. 러셀을 통해 그는 W. B. 예이츠를 비롯한 당시의 영향력 있는 작가들을 소개받는다. 같은 해 그는 파리에서 의학 공부를 시작하지만 별다른 흥미를 느끼진 못한다. 1903년 중병에 걸린 어머니는 그에게 더블린으로 돌아올 것을 요구한다. 그해 8월 어머니가 돌아가시자 조이스는 더블린 남부 도키Dalkey에 있는 사립학교에서 4개월 정도 임시 교사로 근무한다. 하지만 이때도 집을 떠나기 전 틀어졌던 아버지와의 사이는 조금도 나아지지 않았다. 그는 집을 나와 올리버 고가티와 샌디코브 해변에 있는 마텔로 탑에서 얼마간 머무는데, 현재는 이 탑이 조이스를 기념하여 '제임스 조이스 박물관'으로 불리고 있다. 이 시기에 그는 나중에 『젊은 예술가의 초상』의 원형이 되는 『영웅 스티븐Stephen Hero』을 집필하기 시작한다.

1904년 6월 10일 조이스는 훗날 그의 아내가 되는 노라 바나클Nora Barnacle을 만난다. 그는 더블린 시 중앙에 위치한 나소Nassau 가에서 붉은 머리칼의 여성을 주목하게 된다. 처음 본 순간부터 조이스는 그녀의 매력에 빠졌고 자신을 소개하며 데이트를 신청한다. 그녀는 아일랜드 서부 골웨이 출신이었고 호텔에서 객실 담당 종업원으로 근무하고 있었다. 조이스는 만나기로 약속한 날 그녀가 나오지 않자 재차 찾아갔고, 드디어 6월 16일 정식으로 데이트를 하게 되는데, 이날은 나중에 『율리시스』의 주인공의 이름을 따서 '블룸즈데이Bloomsday'로 기념된다. 그들은 리피 강 입구에 있는 링스엔드 주변을 산책하며 데이트를 했는데, 이때 조이스는 22세였고 노라가 19세였다. 그녀의 아버지는 제빵사로 술주정뱅이였고 경제적으로 무능했다. 조이스는 그녀와 함께 아일랜드를 떠나 새로운 곳에서의 생활을 희망하는데, 1904년 10월 9일 그들은 마침내 오스트리아를 향해 떠난다. 조이스는 홍등가를 찾으면서도 가톨릭교도로서의 양심 때문에 더욱더 크게 느껴지는 죄의식을 떨쳐 버리지 못했고 욕망과 절제 사이에서 혼란을 경험한다. 그런 상황에서 노라와의 만남은 종교적인 죄의식에서 벗어나 마음의 평정을 유지하는 데 도움이 되었고, 인간의 욕망을 긍정하는 예술가가 자신의 길임을 확신하는 계기도 된다. 아일랜드를 떠난 조이스는 자발적인 망명 생활에 접어들게 되고, 이후 그는 평생을 함께하게 될 노라와 함께 취리히, 로마, 트리에스테, 오스트리아 등 유럽 각지를 옮겨 다니며 생활한다.

1905년 7월 27일 조이스와 노라 사이에는 아들 조지오 Giorgio가 태어나고 1907년엔 딸인 루치아Lucia가 태어난다. 1909년 8월 그는 더블린을 방문했고 친구 몇 명과 극장을 개장한다. 하지만 사업이 실패하자 그는 유럽으로 돌아간다. 1914년 그는 『젊은 예술가의 초상』을 『에고이스트』라는 잡지에 연재하기 시작한다. 같은 해 6월 그는 단편소설 모음집인 『더블린 사람들』을 출간한다. 이 책으로 그는 문단에서 주목받는 작가가 되고, 『에고이스트』의 편집인이었던 해리엇 위버로부터도 후원을 받게 된다. 영국인인 해리엇은 부유한 퀘이커 집안 출신으로 조이스에게 많은 도움을 주게 되는데, 그녀의 도움이 없었다면 『젊은 예술가의 초상』이 1917년 런던에서 단행본으로 출간되는 일도 없었을 것이다. 조이스는 1918년 『율리시스』의 일부를 『리틀 리뷰』를 통해 뉴욕에서 선보였는데, 이 작품은 그가 노라와

데이트한 1904년 6월 16일을 바탕으로 한 하루 동안의 이야기이다. 이후 이 소설은 1922년 4월 조이스의 마흔 번째 생일에 맞춰 단행본의 형태로 유럽에서 출간된다. 이로써 그는 작가로서 국제적인 명성을 쌓을 준비를 마치게 된다. 이 책은 실비아 비치가 프랑스 파리에서 운영하던 '셰익스피어 앤드 컴퍼니'라는 서점에서 판매되기 시작했지만, 외설적이라는 이유로 출판이 곧바로 중지된다. 하지만 그로 인해 조이스의 작가적 명성은 더 커졌고 그는 귀빈들이 모이는 각종 파티에 초대를 받게 되었다. 그 후 『율리시스』는 1933년 외설적이지 않다는 미국 판사의 판결을 기점으로 다시 자유롭게 출판되기 시작한다.

　1923년 조이스는 그가 임시로 '진행 중인 작품'으로 불렀던 『피네건스 웨이크*Finnegans Wake*』의 집필을 시작한다. 이 책은 최종 출판되기 전 내용의 일부가 시리즈 형식으로 나온 적이 있는데, 낯선 문체에 많은 이들이 당혹해했다. 그들 중 일부는 우스꽝스럽고 엉터리 같다는 이유로 문학적인 가치를 인정하려 들지 않았다. 하지만 조이스는 자기 문체에 확신을 가지고 있었고 어떠한 수정도 거부한다. 그는 1929년까지 작품의 완성에 온 심혈을 기울인다. 1931년 그는 함께 생활한 지 27년 만에 노라와 결혼한다. 그는 런던을 여행하다가 켄싱턴 등록 사무소에 들러 결혼 서류를 작성한다. 뒤늦은 결혼에는 종교적인 것을 비롯해 여러 가지 이유가 있었지만 정신 질환을 앓고 있던 딸에게 평범한 부부 관계가 도움이 될까 하는 이유가 컸다. 그는 시력이 급속히 저하되고 있었음에도 글쓰기를 멈추지 않는다. 1939년 마침내 『피네건스 웨이크』가 완성되어 출간된다. 조이스는 작품의 난해성을 불평하는 독자들에게 "큰 소리로 읽어 보라"고 권하는데, 이 말은 그가 이 작품의 내용 못지않게 음악성도 강조했다는 의미이다. 하지만 그는 작품이 호응을 얻지 못하자 실망했고 아픈 딸에 대한 죄의식과 과음 등으로 건강을 잃게 된다. 제2차 세계대전 직후 그는 프랑스를 떠나 스위스의 취리히로 가지만 도착한 지 얼마 안 되어 생을 마감한다. 1941년 1월 13일, 그가 58세 때의 일이었다.

3장
『젊은 예술가의 초상』 읽기

1. 역사적 배경

『젊은 예술가의 초상』은 작가인 조이스가 어린 시절부터 성인이 되는 과정에서 일어난 사건들과 밀접하게 상응하는 일들을 묘사하고 있는 작품이다. 엘만Ellmann에 따르면, 조이스는 "자신의 인생을 소설화"한 작품을 완성하고자 했다. 그러므로 이 작품은 조이스의 자전적인 소설이라 할 수 있는데, 그렇다 하더라도 작가의 상상력과 창의력이 상당 부분 가미된 만큼 작품의 주인공인 스티븐 데덜러스를 온전히 조이스 자신으로 보기는 어렵다. 그렇다고 해서 이 작품을 완전히 창조적인 것으로 보는 것도 무리이다. 따라서 많은 학자들이 동의하는바 스티븐은 조이스의 페르소나로 보는 것이 합리적하다. 그런데 조이스와 그의 페르소나인 스티븐을 이해하기 위해서는 1890년대 아일랜드의 역사와 문화적인 상황을 아는 것이 매우 중요하다.

소설이 시작되는 시점은 명확하지 않으나 작품에서 거론되는 사건들은 대략 1890년대부터 스티븐이 성년이 되는 시기까지 일어난 것이라고 할 수 있는데, 그 당시 아일랜드는 정치적으로나 종교적으로나 둘로 나뉘어 갈등이 고조되고 있었다. 영국의 지배력으로부터 벗어나고자 하는 열망이 가득하면서도 아일랜드는 완전한 독립을 이루지 못했고, 그로 인해 영국의 신교도와 아일랜드의 가톨릭교도 사이에서는 반목과 분열의 양상이 심각했다. 신교도가 이끄는 영국 정부는 아일랜드를 효율적으로 통치하기 위해 종교적으로 차별 정책을 시행했고, 그 결과 일부 가톨릭교 신도들과 성직자들은 종교적인 자율권을 얻고자 영국 정부의 노선을 따르기도 했다. 그러자 아일랜드에는 독립을 지지하는 사람들을 중심으로 반가톨릭적인 정서가 생겨나기 시작했고, 이는 『젊은 예술가의 초상』에서 파넬의 죽음에 대한 이견으로 일어난 가족 간의 싸움에서 사이먼 데덜러스와 케이시Casey 씨의 목소리를 통해 드러나고 있다. 스티븐은 크리스마스 식탁에서 벌어진 이때의 상황을 회고하면서 아일랜드의 독립 투쟁에서 가톨릭교회의 역할이 무엇인지를 생각한다.

파넬은 아일랜드의 민족당 당수로서 정치적인 영향력과 더불어 대중들의 지지와 인기가 높았던 정치인이었지만, 1889년에 윌리엄 오셰이의 부인이었던 키티와 터진 불륜 사건으로 실각하게 된 인물이었다. 파넬이 실각하자 그가 이끌던 당은 와해되었고, 그 또한 곧바로 죽음을 맞게 되었다. 그러자 파넬의 지지자들은 그를 비극적 영웅으로 칭송하기 시작했고, 동시에 그를 몰락하게 한 책임을 물어 가톨릭교회를 비난했다. 이들은 아일랜드의 독립을 위해 애쓴 파넬에게 등을 돌린 가톨릭교회의 고위 성직자들과 그들을 지지하는 맹목적인 신자들을 용서할 수 없다는 입장이었다. 그들은 파넬의 잘못은 극히 개인적인 것이므로, 그가 주도했던 독립에 대한 열의나 희망까지도 잘못된 것으로 비난하면서 독립의 의지를 꺾은 것이야말로 더 큰 잘못이라고 주장한다. 조이스는 파넬의 경우를 아일랜드에서 벌어지고 있는 마비된 의식의 결과라고 보았다.

여기서 알 수 있듯이 1890년대의 아일랜드는 정치적으로나 종교적으로 갈등이 심화되는 양상이었는데, 예술가들도 아일랜드가 어떤 방향으로 나아가는 것이 타당한지에 대해 격론을 벌였다. 그들 중 W. B. 예이츠는 아일랜드의 고유한 문학이 유럽 문화의 한 부분을 형성하고 있다는 점을 들어 민족의 자부심을 고취하고자 했다. 그는 아일랜드의 민담을 발굴할 필요성과 게일어의 부흥을 강조했는데, 그의 이러한 노력은 아일랜드적인 순수성만을 강조한 탓에 국수주의적인 특성을 드러내기도 한다. 조이스는 예이츠나 그와 비슷한 노선을 취했던 J. M. 싱과 같은 문학가들의 태도를 엄격한 청교도의 신념에 비유하면서 반대한다. 그는 국수주의적인 특성을 보이는 순수 문학 운동에 반대하며 문학작품의 범세계적인 보편성을 강조한다. 이러한 신념의 일환으로 조이스는 아일랜드적인 것에서 벗어난 글쓰기를 주장한다. 이런 연유로 그는 민족적인 색채가 강한 게일어보다는 이탈리아어나 독일어 등 좀 더 다양한 언어를 배우고자 했고, 유럽 여러 나라의 문학에도 관심을 기울였다. 하지만 19세기 말 아일랜드의 정치적인 상황에서 그가 받았던 인상은 이후 그의 상상력을 사로잡게 된다. 따라서 아일랜드에서 정치의 중심지인 더블린은 그의 모든 작품에서 중요한 배경이 되고 있다. 조이스는 더블린이라는 도시에 대해 줄곧 경멸과 애정이라는 양가적인 감정을 유지했고, 그의 이러한 감정은 『더블린 사람들』에서의 "사랑스럽고 더러운 더블린Dear Dirty Dublin"이라는 표현에서 단적으로 나타난다. 『젊은 예술가의 초상』에는 조이스의 더블린에서의 삶이 고스란히 투영되어 있는데, 이 작품에서는 아일랜드의 정치적인 배경을 넘어 주인공이 겪는 성장기의 갈등이라는 보편적인 정서가 잘 나타난다.

2. 예술가로서의 운명

『젊은 예술가의 초상』은 제목에서 알 수 있듯이 예술가로 성장하는 과정에 있는 한 젊은이의 삶을 다양한 각도에서 조명한다는 의미를 담고 있다. 실제로 스티븐의 인생에서 일어나는 여러 가지 일들, 이를테면 "음매소moocow"에 관한 이야기나 가톨릭교회와 교의 그리고 대학생활에 관한 일들은 그가 예술가로서 성장하는 데 기여하는 요소들이다. 이 작품은 '젊은 예술가의 초상'이라는 제목에서도 드러나는바 주인공의 의식이나 예술가로서의 성장을 다루는 교양 소설Bildungsroman이나 예술가 소설Künstlerroman의 특징을 갖추고 있다. 즉 작품의 내용은 스티븐이 어린아이에서 학교생활을 거쳐 예술가로서의 인식에 눈뜨기 전까지의 지적, 도덕적, 그리고 성적인 발달 과정이 중심이다. 스티븐은 작가인 조이스가 그랬던 것처럼 19세기 후반기에 더블린 시의 가톨릭 가정에서 태어나 교육을 받는 것으로 그려지는데, 그 결과 그는 당시 아일랜드의 역사, 정치, 언어, 예술과 더불어 가톨릭과 그 문화로부터 상당 부분 영향을 받는다.

작품이 시작되면서부터 스티븐은 노래를 직접 지어 부르는 예술가적 면모를 보여 준다. 그는 어설프게 노래를 짓는 수준에서 제법 운율을 맞춘 시를 짓거나 문학이론에 관한 예술관을 피력하는 수준에 이르기까지 상당한 재능을 발휘한다. 작품의 말미에서 스티븐은 가톨릭교를 버리는 대신 예술을 자신의 종교로 받아들이는데, 그는 예술가가 자신의 소명임을 인식한 후엔 가족이나 조국까지도 멀리하는 모습을 보인다. 그런데 민감한 아이에서 반항적인 젊은이로 성장하는 과정은 그가 예술가로서 발전하는 과정과 일치한다. 무엇보다 예술가로의 성장과정에서 여성들의 역할은 아주 중요하다. 스티븐은 어머니, 단티Dante, 에머Emma, 매춘부들처럼 다양한 여성들을 만나게 되는데, 이들은 그의 인성은 물론 예술가적인 재능을 일깨우거나 성장시키는 데 상당한 영향을 끼친다. 그리고 이들은 그가 예술가로서의 소명을 완수하기 위해 아일랜드를 떠나간 후에도 언제나 창의력의 원천으로 남는다.

작품에서 스티븐은 변화의 가능성이 상당하며 복합적인 성격을 지녔다. 그는 겁이 많지만 용기도 있고, 심리적으로 불안해하다가도 어느 순간 거만하며, 외로움을 느끼지만 사랑에는 주춤하고, 소심한 성격임에도 홍등가를 찾으며, 키스는 수줍어하면서도 성적인 관계를 망설이지는 않는다. 그는 급우들로부터는 괴롭힘을 당하지만 체벌을 가한 선생님에게는 부당하다고 맞서며, 소외감에 위축되고 우정을 나눔에도 소극적이지만 어머니의 간절한 청에도 가톨릭교의 신앙심은 철저하게 거부한다. 이렇듯 작품에서 확인할 수 있는 스티븐의 성격은 일관적이라기보다는 다소 상충되거나 복합적인 것처럼 보이는데, 이러한 성격은 그가 예술가로 나아가며 창의력을 활성화한다는 측면에서 부정적이지만은 않다. 그런데 '스티븐 데덜러스'라는 이름에 내포된 주인공의 성격과 미래는 이미 규정되어 있는 것처럼 보인다. 그의 스티븐이란 이름은 최초의 기독교 순교자인 성 스티븐St. Stephen에서 따온 것으로, 작품에 적용하면 주인공이 예술을 위해 순교한다는 의미가 된다. 그리고 그의 성인 데덜러스는 그리스 신화 속 명장인 다이달로스로부터 유래한 것이다. 그러므로 스티븐 데덜러스라는 이름에는 스티븐이 작품 활동을 통해 예술가로서 순교할 준비가 되어 있는 것과 다이달로스가 그랬듯 탈출을 위한 날개를 만들어 마비된 아일랜드라는 미로로부터 벗어난다는 의미가 담겨 있다.

물론 그의 이름에는 성 스티븐처럼 가톨릭의 사제가 됨

으로써 종교를 위해 헌신할 것인지 아니면 다이달로스 장인처럼 예술가가 될 것인지를 두고 갈등할 수밖에 없는 운명의 의미도 있다. 실제로 작품에서 스티븐은 두 가지 갈림길에서 무수히 갈등한 후에야 종교를 떠나 예술가가 되는 것이 자신의 숙명임을 인식한다. 그런 후 그는 자신의 재능을 꽃피우려면 상상력이 제한된 아일랜드를 벗어날 필요성을 느꼈고, 문화적인 기운이 충만한 유럽이라면 작가적 역량이 제한되지 않을 것임을 확신하게 된다. 그 결과 이 작품은 『젊은 예술가의 초상』이라는 제목에서 다시 알 수 있듯이 그가 언젠가 성숙한 예술가로서 위대한 작품을 써 보겠다는 젊은이로서의 야심을 천명하는 하나의 예언서라 할 수 있다.

3. 작품의 내용과 분석

*

『젊은 예술가의 초상』은 300쪽에 달하는 장편 소설로 스티븐 데덜러스의 젊은 날의 위기를 극적인 양식으로 구성하고 있는 작품이다. 이 작품은 대부분 3인칭으로 기술되고 있기 때문에 주인공의 인식 과정과 경험의 양상을 객관적인 측면에서 확인할 수 있다. 작품은 각각 번호가 붙어 있는 5개의 장으로 구성되어 있고, 각 장의 단락은 별표로 구분된다. 그리고 각각의 단락은 스티븐이 예술가로서 성장하는 데 필요한 경험들을 보여 주고, 그가 예술가가 되는 데 일조하는 전환점으로 끝을 맺는다. 제1장과 제2장에서는 종교적인 회의감 및 성적인 욕망과 충족에 대해 다루고 있다. 그다음 제3장과 제4장에서는 성행위로 인한 죄의식과 참회의 과정에 대해 다루고 있다. 그리고 분량이 가장 많은 제5장에서는 유니버시티 칼리지의 학생이 된 스티븐의 미학이론과 예술가로 성장하기 위한 그의 망명 과정에 대해 다루고 있다. 주인공은 어릴 때에는 외부 환경에 대해 민감한 반응을 보이나 청소년기를 거쳐 청년으로 성장하면서는 내면적인 사고에 집중하며 예술이론 등 다양한 분야에 관심을 쏟는다. 각각의 장은 에피파니의 연속이라 할 수 있는데, 그것의 내용은 육체적 욕망의 인식, 예술가로서의 사명, 아일랜드로부터의 망명과 타인으로부터의 소외라는 고독감 등이다.

**

『젊은 예술가의 초상』은 조이스가 아일랜드에서 생활했
던 여러 경험이 농축되어 있는 반半자전적인 작품이다. 어
린 시절부터 어른이 되어 가는 과정에서의 경험과 예술가
로서의 결심이 작품의 주된 내용이다. 주인공인 스티븐은
지적 호기심이 왕성한 조숙한 아이로 묘사된다. 조이스는
오비디우스의 『변신』에 나오는 "그리하여 그는 미지의 예
술에 전념하려 한다Et ignotas animum dimittit in artes"는 문구로 스티
븐의 성향을 요약한다. 실제로 스티븐은 예술을 통해 진리
나 미를 인식하고 정의하려 한다.

『젊은 예술가의 초상』에서 눈에 띄는 점은 작품의 문체
이다. 조이스는 스티븐이 세상을 인식해 가는 과정에서 시
각, 후각, 청각, 미각, 촉각 등 오감의 중요성을 강조한다.
그는 외부 세계에 대한 스티븐의 반응을 사실적으로 묘사
한다. "잠자리에 오줌을 싸면 처음엔 따뜻하지만 이내 차
가워진다. 어머니는 자리에다 기름 먹인 종이를 깔아 주었

다. 거기서는 이상한 냄새가 났다." 조이스는 이 순간 스티븐이 느끼는 감정을 독자 모두가 공유하도록 만든다. 그는 주인공과 심리적인 거리를 유지하고 등장인물의 경험을 객관적으로 묘사하지만 스티븐의 경험을 개인적인 경험으로 한정시키지는 않는다. 즉, 그는 스티븐의 경험을 독자들이 자신들의 것으로 직접 느끼도록 글을 쓴다. 조이스는 모더니즘 작가답게 언어에 대한 실험에도 집중했는데, 스티븐의 생각과 감정은 성장과정에 상응하는 언어로써 표현된다.

이 작품은 예술가를 열망하는 스티븐의 운명을 다루는 소설인데, 그는 자신의 운명에 대해 의구심을 가진다. 그리고 각각의 장은 운명에 대한 의구심에서 절정에 달하고 에피파니를 통한 운명의 확신으로 끝을 맺는다. 스티븐은 예수회 소속의 학교에 입학하는데, 그곳에서 그는 가톨릭 교의에 대한 맹목적인 믿음을 강요받는다. 그가 다닌 클롱고즈 우드 칼리지와 벨비디어 칼리지는 가톨릭이 국교인 아일랜드에서 이상적인 교육 기관으로 인정받는 곳이었다. 그는 청소년기의 성적인 욕망에 당혹스러워하며 신앙의 힘으로 이겨 내려는 의지를 보인다. 그는 홍등가를 찾게 되고 매춘부와의 관계를 통해 욕망을 충족하지만 결국엔 교회를 찾아 자신의 '죄'를 고백한다. 나이를 묻는 신부의 질문에 그는 16세라고 대답한다.

이후 스티븐은 가톨릭교의 믿음 안에서 순결한 삶을 살 겠다고 다짐한다. 그는 믿음에 충실한 삶으로 회귀하려 하며 사제의 직분을 제안받고 이를 수용한다. 그가 사제가 되고자 하는 데에는 성적인 죄의식이 크게 작용한다. 조이스는 이 점을 아널 신부의 설교 장면에서 섬세하게 포착해 낸다. 아널 신부의 설교는 지옥과 루시퍼에 관한 것인데, 그것은 스티븐에게 죄의식을 걷잡을 수 없이 부풀려 그가 처벌에 대한 두려움에서 벗어나지 못하도록 만든다. 그는 설교를 들으며 매춘부와의 관계가 용서받지 못할 죄임을 확신한다. 그는 죄의식으로 고통스러워하며 더 이상 가톨릭 교의에 어긋나는 삶은 살지 않겠다는 결심을 한다. 그런데 아널 신부의 설교에서 루시퍼에 대한 언급은 흥미롭다. 루시퍼는 하느님에 대한 반항으로 "난 섬기지 않으리라Non Serviam"고 하는데, 루시퍼의 이 말은 스티븐이 가정, 조국, 그리고 교회를 떠나며 "내가 믿지 않게 된 것은 결코 섬기지 않겠어"라는 호기 어린 선언의 전조로서 작용한다. 스티븐은 이제 자신의 소임은 그것이 세속적일지라도 인간의 아름다움을 찬미하는 예술가임을 확신한다. 그는 인생이 충분히 긍정적일 수 있다고 믿는다. 그리고 이는 조이스의 믿음이기도 하다. 그러므로 작품은 긍정적인 결말로 끝이 난다. "오라, 삶이여! 나는 경험의 현실을 백만 번이고 부딪치고 내 영혼의 대장간에서 창조되지 않은 내 민족의 양심을 벼리기 위해 떠날 것이다." 이것이 『젊은 예술가의 초상』의 마지막 문장이다.

***

스티븐의 "난 섬기지 않으리라"는 언급과 "내가 더는 신봉하지 않는 것에 봉사하지 않을 거야"라는 공언은 예술가로서의 소임을 인식하는 조이스의 의지이기도 하다. 이는 자유로운 영혼과 그러한 힘을 바탕으로 작품을 창조하는 창조자, 위대한 예술가가 되고자 하는 바람에서 나온 말이다. 즉 자신의 임무를 공개적으로 천명하는 것으로 예술가로서의 야망을 드러내는 선언이다. "난 가급적 자유롭게 인생과 예술이라는 양식으로 내 자신을 표현하려고 하겠어." 하지만 예술가로서의 소임을 인식하는 순간 스티븐은 혼자가 되고 타인으로부터 소외되어 고독한 인간이 될 수 있음을 직감한다.

　난 혼자가 되거나 다른 사람에게 자리를 빼앗기고 쫓겨나는 것 혹은 버려야 할 것이 있으면 무엇이든 버리는 것, 이런 것을 두려워하지 않아.

　그런데 이는 이제까지 존재하지 않았던 것을 창조하는 예술가가 되기 위해선 마땅히 거쳐야 하는 과정이다. 조이스에게 창조는 모든 것을 초월해 자유롭고 혼자가 되는 것이 선행됨을 의미하기 때문이다. 따라서 스티븐이 가정, 조국, 그리고 교회를 떠나는 것과 삶의 한 방식으로 자신의 예술론을 전개하는 것은 본질적으로는 자기만의 자유를 찾아가는 과정에 다름 아니다. 하지만 인간은 자유로운 존재가 아니기 때문에 혼자서 자유롭게 사는 것은 불가능하다.

인간은 스스로 창조한 존재가 아니기에 자유로울 수 없는 것이다. 그렇다면 인간은 자유롭기 위해서 하느님의 존재를 거부해야 하는 것이다. 즉, 인간은 하느님의 존재와 완전한 자유 중에서 선택을 해야만 한다. 사르트르는 인간의 운명은 창조적인 것이며 인간은 아직 만들어지지 않은 우주를 만들어 가는 존재라고 말한다. 그렇다면 한때 창조가 하느님의 몫이었다면 이제는 그것이 인간의 특권이 될 수도 있는 것이다. 조이스가 그랬다. 그는 『젊은 예술가의 초상』에서 스티븐 데덜러스를 통해 미학이론의 창조주로서 예술가의 개념을 완성한다.

1) 제1장

제1장에서 스티븐이 부딪치는 중요한 문제는 사회적 적응에 관한 것이다. 작품은 스티븐의 세 살 무렵의 경험에 대한 묘사로 시작된다. 그의 어렴풋한 기억들이 순전히 유아의 시각으로 해석되고, 그것에 대한 내용도 유아다운 문체로 기술되고 있다. 그가 풀어내는 단편적인 기억들은 주로 아버지가 들려주었던 이야기와 동요에서 나온 것이며,

가족 구성원이나 감각적 인식 그리고 단편적인 대화들에 관한 것이다. 그리고 이는 예술가로서 스티븐이 세계를 인식하고 해석하는 방향의 근거가 된다. 의식에 눈을 뜨기 시작한 그는 세상을 남성과 여성, 아버지와 어머니, 정치와 종교, 마이클 대빗_{Michael Davitt}과 파넬처럼 대조와 보완의 이원적인 구조로 파악한다. 스티븐은 아버지에 대해 가부장적 권위라는 상징적인 구조를 각인시키는 존재로 생각한다. 그가 생각하는 권위는 언어의 구조인데, 실제로 아버지는 언어를 가르치는 이야기꾼으로 등장한다.

그 옛날 옛적은 정말로 살기가 좋은 시절이었지 그때 음매소 한 마리가 길을 따라 내려오고 있었어 길을 따라 내려오고 있던 이 음매소는 터쿠_{Tuckoo}라는 이름을 가진 예쁜 꼬마를 만났지.

스티븐은 아버지의 이야기를 들으며 자기의 정체성을 찾고자 한다. 여기서 '음매소'는 아일랜드에서 전통적으로 생식과 다산을 상징하는 것으로서 뒤이어 나오는 '아기 터쿠'

와 마찬가지로 스티븐의 정체성 찾기와 밀접한 관계가 있다. 어린 스티븐에게 어머니는 육체적으로 만족감을 주는 자애로운 대상이다. 그녀는 아들이 싼 오줌을 처리해 주며 피아노 연주를 통해 예술적 재능을 일깨우는 역할을 한다. 어머니는 달콤한 냄새를 풍기며 정서적으로나 감각적으로 안락함과 편안함을 제공해 준다. 하지만 스티븐이 어른이 되면 이웃집에 살고 있는 에일린Eileen과 결혼하겠다고 말하자 어머니의 태도는 돌변한다. 어머니와 단티 아주머니는 에일린이 단지 신교도라는 이유만으로 그녀와 결혼하겠다는 스티븐을 나무란다. 그들은 스티븐이 가톨릭교의 신앙심을 유지하고 종교에 헌신하는 사람으로 성장하길 바란다. 따라서 신교도인 소녀와 결혼을 하겠다고 하자 사과하지 않으면 독수리가 와서 눈을 뺄 것이라며 위협하게 되는 것이다. 이후 가톨릭교는 이성에 대한 욕망을 추구하는 스티븐의 삶에서 중심적인 주제가 된다.

사건은 파노라마처럼 이어지고 다음에 나오는 장면은 예수회 소속의 클롱고즈 기숙학교에 입학하는 모습이다. 이제 스티븐의 언어는 이전에 비해 좀 더 성숙한 인상을 준다. 동급생 중에서도 가장 어린 나이에 입학한 그는 처음 얼마 동안은 지독한 향수병을 앓으며 방학이 되기만을 고대한다. 그는 작고 연약하며, 운동을 잘하지도 못하고, 키큰 소년들로부터 놀림감이 되며, 그들의 농담과 등쌀에 당황한다. 그는 자신이 어머니에게 키스하는 것에 대해 친구들이 성적으로 받아들이자 혼란을 겪는다. 그러던 어느 날 그는 친구인 웰즈Wells에 의해 차가운 구정물 구덩이로 떠밀리게 되고, 그로 인해 열병이 나 양호실에서 마이클 수사의 간호를 받는다. 병상에 누워 있게 된 그는 리틀Little의 장례식 장면을 떠올리며 환각의 상태에서 자신이 죽어 매장되는 모습을 보게 된다. 그런데 이 순간 실제로 죽어 가는 사람은 아일랜드의 독립투사인 파넬이며 마이클 수사가 신문기사를 읽으며 이를 확인해 준다. 스티븐은 이제 자신의 고통을 죽은 파넬의 그것과 동일시한다.

그(마이클 수사)가 사람들을 향해 한 손을 쳐드는 것이 보였고 슬픔에 젖은 그의 목소리가 물결 너머로 크게 들려왔다. "그분(파넬)은 돌아가셨습니다. 우리는 관대에 누워 있는 그분을 보았습니다." 구슬픈 울부짖음이 군중들 사이에서 터져 나왔다. "파넬! 파넬! 그분이 돌아가시다니!" 그들은 무릎을 꿇고 슬피 울고 있었다. 그리고 그는 적갈색 벨벳 드레스를 입고 초록색 벨벳 망토를 어깨에 걸친 단티 아주머니가 부둣 가에 꿇어앉은 사람들 곁을 자랑스러운 듯 말없이 지나가는 것을 보았다.

여기서 적갈색과 초록색은 각각 호랑가시와 아이비의 색 으로, 이는 다시 마이클 대빗과 파넬을 대표하는 색이자 양 쪽 지지자들 사이에서의 정치적인 갈등을 나타내는 색이 고, 왕정과 공화정 그리고 영국과 아일랜드의 대립을 상징 하는 색이기도 하다. 스티븐은 이러한 일련의 사건을 통해 서 자신이 정치와 역사가 매우 중요한 세계에서 살고 있다 는 사실을 의식한다. 그는 크리스마스 만찬 도중 파넬의 죽 음을 두고 벌인 단티 아주머니와 아버지가 개입된 케이시 씨와의 치열한 싸움 장면을 떠올린다. 단티 아주머니는 간 통을 한 파넬을 실각하게 한 가톨릭교 성직자들과 신도들 의 입장을 절대적으로 옹호하는 반면 케이시 씨와 아버지는 그들을 비난한다. 케이시 씨와 아버지는 파넬의 정치적인 실각을 유도한 가톨릭교회는 아일랜드를 배신한 것이라고 주장한다. 이날의 싸움은 단티 아주머니가 집을 뛰쳐나가는 것으로 끝이 나는데, 이는 스티븐이 처음으로 어른들의 세계와 아일랜드의 정치적인 상황을 들여다보기 시작했다는 점에서 중요하다. 그는 기쁜 마음으로 후식이 나오기를 기다리지만 파넬이 원인이 된 논쟁이 후식의 즐거움을 망치며 결국 어른들의 세계에 실망하는 것으로 끝이 난다. 무엇보다 그는 승자처럼 보였던 아버지가 눈물을 흘리는 모습을 보자 충격을 받는다. 스티븐은 그날 밤 자신의 당혹감을 시로 표현하는데, 이는 그가 쓴 최초의 작품이다.

학교로 돌아온 스티븐은 아널 신부로부터 라틴어 수업을 받는다. 이때 교무 주임인 돌란Dolan 신부는 안경이 깨져 공부를 할 수 없었던 그에게 매질을 한다. 스티븐은 부당한 처벌을 받고 화를 내며 굴욕감을 느낀다. 친구들은 매를 맞은 사실을 교장 선생님께 일러바치라고 종용하지만, 그는 침묵을 지키는 것이 옳다고 생각한다. 하지만 그는 매를 맞은 아픔보다는 공부가 싫어 일부러 안경을 깨뜨렸다는 신부의 말에 자존심이 상해 교장실을 찾아간다. 스티븐은 고자질하지 말라는 아버지의 당부에도 자신이 당한 체벌을 일러바친다. 교장 선생님과의 면담으로 돌란 신부에 대한 분노는 해소된 듯 보인다. 운동장에서 기다리고 있던 친구들은 그의 승리에 환호하며 그를 영웅시한다. 그리고 이는 그가 성취한 최초의 사회적 승리라는 점에서 의미가 있다.

그런데 주목해야 할 점은 사회적 승리를 맛본 순간 스티븐은 자신을 환호하는 아이들로부터 도피를 바랐다는 점이다. 그는 혼자 있게 되자 고독감을 느끼지만 동시에 자유로움을 얻는다. 그는 이전엔 구정물 웅덩이로 자신을 떠밀어 빠뜨린 웰즈를 고자질하지 않음으로써 스스로 명예심을 만끽했고 친구들 사이에서도 인정을 받았다. 그러나 이는 아버지의 권위에 단순히 복종한 것이었다. 어머니와 키스했다고 해서 친구들로부터 놀림을 당했을 때에도, 그는 자신을 방어하지 못했다. 시간이 지나자 그는 교장실로 가도록 부추겼던 친구들의 충고를 의심하기 시작한다. 하지만 어쨌든 그가 교장실로 찾아간 것은 고립된 개인으로 행하게 된 최초의 능동적인 행위였고, 자존심과 명예를 지킨다는 것은 사회적인 인정보다도 훨씬 더 중요한 것이었다. 무엇보다 고립된 개인으로서 자유와 해방감을 느끼는 것은 그가 예술가로 발전하는 과정에서 겪는 중요한 단계라고 할 수 있다.

2) 제2장

제2장에서는 스티븐의 사회적 적응이 내적 그리고 외적인 압력으로 와해된다. 클롱고즈에서 돌아온 그는 다음 해 여름을 더블린 외곽에 있는 블랙락에서 보낸다. 이때 그는 대부분의 시간을 찰스 할아버지와 지낸다. 스티븐은 할아버지와 산책을 하던 중 열렬히 기도하는 그의 모습에 깊은 감명을 받는다. 이 기간 그는 아버지와 찰스 할아버지가 나누는 대화를 듣고 현실세계에 관해 배우며, 그 세계에서 자신이 해야 할 임무를 준비한다. 그는 몇 명의 아이들과 친구가 되고 그들과 모험을 계획하기도 한다. 그는 경제적인 어려움으로 클롱고즈 칼리지로 돌아가지 못하는데, 그 후 벨비디어 칼리지에 다닐 수 있게 되기 전까지 약 2년 동안의 기간은 그에게 공상의 세월이다. 그는 처음 얼마간은 집

에만 있는 것에 기뻐하지만 어느 순간 남들과 다른 처지임을 인식하고 불안함을 느낀다. 시간이 지나면서 살림은 악화되고 더 궁색한 집으로 이사를 전전하게 되자, 그는 아버지에 대한 신뢰를 상당 부분 잃고 만다. 날이 갈수록 찰스 할아버지는 기력이 쇠약해져 간다. 하지만 성장하고 있는 스티븐은 신체적 변화를 겪으며 육체적인 욕망을 인식하게 된다.

스티븐은 자신을 몽테크리스토 백작과 동일시함으로써, 백작의 옛 애인이었던 메르세디스Mercedes의 이미지를 떠올리며 그리워한다. 그리고 언젠가 자신의 이상이 된 아름다운 그녀와 만나게 되리라고 희망한다. 하지만 그녀의 형상은 실체가 없는 순전히 공상적인 것이라야 하는데, 그것은 그가 자신이 욕망하는 만큼 여성의 육체를 감당할 수 없기 때문이다. 그에게 메르세디스는 보거나 만질 수 있는 실체가 아니라 신비로운 존재나 먼 곳에 있는 진리로서만 존재해야 한다. 몽테크리스토 백작은 그녀가 머스캣 포도를 내밀었을 때 그것을 거절했는데, 이는 성적인 제의에 대한 거절로, 스티븐은 백작을 따라 욕망의 대상인 아름다운 여체를 거부하는 태도를 보인다. 그는 백작이 보여 준 오만스러울 정도의 냉정한 절제와 욕망으로부터 구속되지 않는 자유를 보았고 그것을 부러워하며 자신의 것으로 만들고자 한다.

하지만 스티븐은 크리스마스 파티에서 에머를 만나자 억제했던 욕망이 되살아남을 느낀다. 그는 그녀의 스타킹과 허리띠에 시선을 집중하며 욕망의 자극을 받는다. 달빛 비치는 고요한 저녁에 아일랜드 풍의 숄을 걸친 그녀의 모습은 스티븐의 낭만성을 자극하기에 충분하다. 그렇지만 이때에도 그는 육체적인 욕망이 구속이라 여긴다. 그는 이번에도 에머에 대한 욕망을 접으려 하며, 욕망을 버리고 자유로운 방관자가 되어 예술의 영역으로 이어지는 고독하고 소외된 길을 가겠다고 다짐한다. 이는 그가 육체적인 욕망을 신체적인 접촉이 아닌 시 창작을 통하여 대신하겠다는 결심인데, 실제로 그는 에머와의 키스를 포기하고 그 순간의 경험을 시로써 표현한다. 이렇게 해서 완성된 「To E-C-」('E-C-'는 에머 클러리를 가리킨다)라는 시는 스티븐의 욕망을 미학적으로 표현한 작품이 된다.

스티븐은 공상의 시기를 거친 후 벨비디어 칼리지에 다닐 수 있게 된다. 아버지는 우연히 만난 콘미 신부에게 아들에 관한 이야기를 했고, 마침 클롱고즈 칼리지에서 학감으로 전근되어 온 그는 스티븐의 무상 편입을 허락해 주었다. 그 후 약 2년 반의 시간이 흐르고, 이제 열네 살 가량이 된 스티븐은 에세이도 쓰고 연극도 한다. 그는 학교에서 뛰어난 평론가이자 배우 그리고 모범생으로서 두각을 나타낸다. 하지만 이렇듯 뛰어난 성취에도 불구하고 그는 종교적인 회의감으로 인해 학교생활이나 교우 관계에서 소외감을 느낀다. 강림절을 맞아 연극에서 우스꽝스러운 교사 역을 맡은 그는 연기 도중 자기를 응원하는 소녀의 모습을 보자 당혹감을 느끼고 자기 배역이 끝나자 곧장 그 자리를 떠난다. 그는 그녀의 모습을 보고 욕망을 느낀 자신에 당혹하고 자존심에 상처를 받는다. 그는 시내로 달려가 뒷골목에서 나는 말 오줌과 썩은 짚 냄새를 맡고 나서야 고조된 욕망을 겨우 진정시킨다.

이 일이 있고 얼마 후 스티븐은 아버지와 코크Cork에 가게 된다. 경제적으로 궁핍에 처해 있던 아버지는 그곳에서 열리는 경매에서 얼마 남지 않은 살림살이마저 처분하려 한다. 기차 안에서 스티븐은 아버지가 휴대용 술병에 담긴 술을 마시며 형편이 좋았던 옛 시절을 회상하는 모습을 관찰한다. 스티븐은 그런 아버지가 지나치게 감상적이고 무능력하며 어리석다고 생각한다. 아버지는 친구들을 만나서도 술에 취해 여종업원을 희롱하고 아들의 능력을 과장하여 자랑하는데, 스티븐은 아버지의 이런 행동에 당혹해하며 수치심을 느낀다. 스티븐은 경제적 궁핍만큼이나 심리적인 궁핍을 경험하며 아버지와 심리적으로 소원해지고 있음을 느낀다. 그는 돌아오는 길에 퀸스 칼리지를 방문해 한 해부학 교실에 들어가서 책상에 새겨진 '태아Foetus'라는 단어를 본다. 그는 태아라는 단어에서 자신이 추구했던 이상적인 사랑이 실상은 성적인 욕망에서 비롯된 것임을 깨닫고 충격을 받는다. 그는 글자를 새긴 학생과 그러한 행위를 보며 웃던 학생들의 욕망을 상상한다. 그는 그들의 욕망에서 성적인 욕망과 수음행위로 인해 무기력해진 자신의 모습을 본다. 그는 이제까시 자기만이 여성을 욕망한다고 생각해 수치심을 느끼며 괴로워했다. 하지만 그는 성적인 욕망이 많은 이들의 공통된 감정이라는 것과 세상의 많은 사람들이 그러한 성욕으로 괴로워한다는 사실에 놀란다.

그다음 장면은 더블린으로 돌아와 있는 상황이다. 장학금과 에세이 경시대회에서 탄 상금은 그에게 가족과의 관계를 일시적으로 회복시켜 준다. 큰돈이 생기자 마음이 부푼 그는 가족에게 비싼 음식을 대접하고 집안을 재단장하는 등 아낌없이 돈을 써 버린다. 그는 잃었던 가산을 다시 복구할 수도 있겠다는 생각도 한다. 하지만 돈이 떨어져 이전의 궁핍했던 상황으로 돌아가자 그는 얼마 안 되는 돈으로 초라한 생활에 맞서 품위와 우아함을 유지하려 했던 시도가 얼마나 어리석은 행동이었나를 깨닫는다. 그는 또 가족에 대한 이해도 부족했음을 인식한다. 더욱이 그는 자신의 마음을 뒤덮고 있는 성욕도 떨쳐 낼 수 없음을 알게 된다. 그는 이제 욕망이라는 죄의식을 받아들이며 은밀한 성행위를 꿈꾼다. 그는 이제껏 이상적인 여인이라 생각했던 메르세디스가 실상은 어두운 뒷골목에서 자신을 유혹하는 매춘부였다는 사실을 받아들인다. 스티븐은 자신이 성적인 제의도 단박에 거절하는 몽테크리스토 백작의 의지와 초연함을 지녔다고 확신했지만, 그의 내면에는 여성을 육체적으로 소유하고 싶은 욕망이 강하게 자리하였고 그는 그러한 욕망을 충족시켜 줄 대상을 늘 찾아다녔던 것이다. 그는 노란색의 가스 등불이 켜진 좁고 어두운 홍등가의 골목을 헤매는데, 이는 다이달로스가 만든 크레타의 미로를 연상시킨다. 그러한 미로에서 그는 진한 향내를 풍기며 핑크빛의 긴 가운을 입은 여성에게 자신을 맡긴다. 그는 여전히 이상적인 여인과의 성스러운 만남을 예감하지만, 이번엔 자신과 같은 인간과 죄를 짓고 싶다는 욕망에 의해서이다. 이는 그가 찾는 여인이 더 이상 성스럽고 순결한 존재가 아니라 육체적인 욕망을 해소해 줄 세속적이고 경험이 많은 존재로 변모했음을 보여 주는 것이다. 매춘부가 인도한 작은 방은 그에겐 안도감과 기쁨을 주는 자궁을 연상케 한다. 스티븐은 포옹과 애무를 하면서 육체적인 죄를 짓고 싶다는 갈망의 신음을 토해 낸다. 그는 성적인 욕망이 성취되는 과정에 온전히 몸을 맡기면서 기쁨과 위안의 눈물을 흘린다.

그는 그녀의 양팔에 꼭 안겨 천천히, 천천히, 애무를 받고 싶었다. 그녀의 팔에 안기자 갑자기 강해지고 겁이 없어지고 자신이 생기는 듯 느껴졌다 ⋯ 그는 두 눈을 감고, 그녀에게 몸과 마음을 온통 내맡기며, 그녀의 보드랍게 벌린 두 입술의 어두운 압력 이외에는 세상의 아무것도 의식하지 못했다. 입술은 몽매한 언어의 전달자처럼 그의 입술뿐만 아니라 두 뇌까지 누르는 듯했다. 그리하여 두 입술 사이에서, 그는 죄의 이울어짐보다 한층 어둡고, 소리나 냄새보다 한결 보드라운, 어떤 미지의 겁 많은 압력을 느꼈다.

스티븐은 자기와 관계한 매춘부를 이상적이고 신비한 존재로 생각하게 되는데, 이제 그는 그녀와의 관계로 인해 보다 성숙해진 자아를 느끼게 된다. 그는 수 세기 동안의 잠에서 깨어나 새로운 세계를 접했다는 환희를 만끽한다. 하지만 이러한 감정도 일시적인 만족에 지나지 않는다. 따라서 이 장에서 그가 찾았다고 느끼는 새로운 세계는 불안정하다고 말할 수 있다.

3) 제3장

제3장은 육체적인 욕망을 성취함으로써 얻게 된 만족감이 불안정한 것으로 드러나는 것에서부터 시작된다. 아널 신부에 의한 '사종(죽음, 심판, 천국, 지옥)'에 관한 설교가 계속되는 과정은 스티븐의 평온함을 깨뜨린다. 성적 욕망의 해소라는 측면에서 파시파에Pasiphae로 대변되는 매춘부와의 관계는 스티븐으로 하여금 하느님과의 관계가 그만큼 멀어졌다는 죄의식을 느끼도록 만든다. 그리스 신화에서 파시파에는 자신의 욕망을 충족하기 위하여 다이달로스에게 암소 모양의 기구를 만들도록 지시한다. 그녀의 욕망은 결국 다이달로스의 아들인 이카루스를 추락시키는 결과를 가져왔는데, 스티븐은 매춘부와의 관계로 자신이 타락했고 그로 인해 추락할 것을 두려워한다. 그는 매춘부와의 관계가 대죄라는 사실을 인식하지만 그들과의 관계를 쉽게 단절하지는 못한다. 그는 계속해서 홍등가를 찾게 되며 그러는 사이 간음의 죄라는 가톨릭의 교의 개념엔 무감각해진다: 이 장은 처음부터 홍등가에 관한 묘사로 시작하는데, 쾌락에 탐닉하는 스티븐에게 이곳은 이미 익숙해진 장소이다. 그

는 종교에 대한 경멸감과 자기 감정에 대한 확신에서 간음을 지속한다. 그는 홍등가를 드나들면서도 성모 마리아 신도회의 회장직을 수행하고 직무도 열심히 한다. 하지만 어느 순간 그는 자신의 정체성을 잃어 가고 있다는 불안함과 자신의 행동이 타락과 죄의 길로 가고 있다는 두려움에 휩싸인다.

성 프란시스 자비에르의 축일이 다가오자 벨비디어 칼리지의 학생들은 3일간 피정하게 되는데, 이 기간 동안은 매일 죄와 고통에 관한 설교가 이어진다. 아널 신부가 주도하는 설교 중 첫째 날은 최후의 심판에 관한 것이며, 둘째 날은 지옥에서의 끔찍한 형벌에 관한 것이고, 마지막 날은 그곳에서 받게 될 무서운 고문에 관한 것이다. 이처럼 학생들이 듣는 설교의 내용은 육체에 대한 청교도적인 혐오감과 인간의 신체에 대한 경멸감에 관한 것이다. 아널 신부는 인간의 감성은 오염, 부패, 음란, 부식물로 인해 기능을 발휘하지 못하며 저주받은 영혼은 지옥의 심장부에서 썩어 가는 악취로 전염된다고 경고한다. 그는 인간의 육신은 음란한 것이며 먼지와 오물로 이루어진 것이고 결국은 부패되어 쓰레기가 된다고 주장하는데, 그에 따르면 육체는 나병 환자들의 저주이고 성적인 욕망은 타락의 주요 원인이다. 스티븐은 설교의 내용이 온전히 자신을 향한 것이라는 생각에 두려움을 느끼게 된다. 아널 신부의 거친 목소리는 그에게 자신이 짐승과 같은 상태로 전락해 버렸다는 확신을 준다. 스티븐은 죽어서 심판을 받기 전에 참회하고 용서를 받는 것만이 죽어 가는 자아를 살리는 길이라고 생각한다. 특히 지옥에서의 고문에 관한 마지막 날의 설교는 그를 악몽에 시달리게 만드는데, 그는 꿈속에서 사람의 얼굴이지만 염소처럼 뿔과 턱수염이 있는 회색빛의 사티로스 악마들의 무리를 보면서 지옥을 경험한다.

그것은 바로 지옥이었다. 하느님은 그에게 그가 저지른 죄의 합당한 지옥을 보도록 허락하셨던 것이다. 악취가 풍기고, 야수적이며, 악의에 찬, 나병에 걸린 염소처럼 생긴 악마들이 있는 지옥, 그를 위해 마련된 곳! 그곳은 바로 그를 위한 지옥이었던 것이다.

스티븐은 사티로스의 모습에서 욕망을 억제하지 못한 죄의식을 무겁게 느끼는데, 이는 가톨릭교의 윤리관을 위반한 데서 오는 갈등의 심화 상태라 할 수 있다. 그는 자신의 죄를 고백하지 않고는 더 이상 일상생활이 불가능함을 알고 있다. 그래서 그는 아무도 모르게 자신의 죄를 고백할 수 있는 교회를 찾는다. 그는 십계명 중에서 "간음하지 말라"는 제7의 계율을 어겼고 죄에 대한 참회만이 하느님의 영역으로 다시 돌아갈 수 있는 순수성을 회복하는 것이라고 믿는다. 고해소에서 신부는 간음이 무서운 죄이며 육체와 영혼을 모두 죽이는 것이라고 경고한다. 또한 그 죄는 범죄와 불행의 원인이 되고 남자답거나 명예로운 일도 아니기 때문에 반드시 그만두도록 설득한다. 스티븐은 눈물로 참회하며 그러겠다고 약속한다.

스티븐은 이제 다른 사람들과 더불어 하나가 되고 하느님과 더불어 하나가 되고 싶다는 바람을 가진다. 이웃을 사랑할 것이고 자신을 창조하셨고 사랑하셨던 하느님에게 가까이 다가갈 것이라는 다짐도 한다. 그는 죄를 짓는다는 것이 정말로 무섭고도 슬픈 일이라는 사실을 깨달으며 앞으로는 교리 문답식 설교에 충실히 답하고 종교적 교리를 성실히 수행할 것을 서약한다. 고해성사 후 그는 매춘부와의 관계 이후 느꼈던 죄의식으로 인한 불안에서 벗어나 모처럼 마음의 평화를 얻는다.

새로운 삶이다! 우아함과 미덕과 행복의 삶이다! 그랬다. 그것은 깨어날 수도 있는 꿈이 아니었다. 지난 일은 지나간 일일 뿐이다.

그러나 여기서 말하는 새로운 삶이란 고립이 아니라 친교라는 점에서 그가 이제까지 경험해 온 것과는 종류가 다른 것이다. 스티븐은 교회를 나오면서 새로 태어난 느낌을 받으며 앞으로는 순수하고 깨끗한 마음을 회복해 교리에 성실하고 경건한 삶을 살아가겠다는 결심을 굳힌다. 그런데 흥미로운 점은 앞서 매춘부와의 관계가 좌절이나 환경적인 속박으로부터 벗어나고자 하는 성공적인 반항인 데 반해 여기서의 종교적인 헌신은 패배로 여겨진다는 것이다. 스티븐은 간음이라는 죄를 참회하고 하느님과 친교를 회복하고자 하는데, 그것은 자발적인 발로로서가 아니라 지옥에 관한 무서운 설교로 인해 조성된 공포에 의한 것으로, 의지에 반하는 것이기 때문이다.

4) 제4장

제4장에서 종교적인 친교는 다시 고립으로 변형된다. 스티븐은 이전 장에서 지옥의 공포와 영원한 저주에 관한 설교를 듣고 죄의식에 자극을 받았다. 그는 자신이 품었던 성적인 욕망을 떠올리고는 수치감과 천박함에 압도된다. 그는 자신이 했던 행동에 역겨움을 느끼고 참회한다. 그는 간절하게 용서를 구하는 기도를 드리면서 자신의 죄악을 고백하기에 적당한 교회를 찾는다. 고해를 마친 그는 자신이 앞으로는 경건한 사람으로 변할 것이고 육체적으로 순결하고 헌신적인 고행의 길을 가겠다는 결의를 다진다. 그 결과 이 장에서는 종교적인 의식에 완전히 순응하는 삶이 묘사된다. 그는 자기가 공언한 대로 정절을 지키면서 종교에 헌신적인 삶을 살고자 노력한다. 매일같이 미사에 참석하고 교리에 충실하며 종교에 헌신한다. 그는 욕망을 자극하는

오감을 의식적으로 극복하려 애쓰면서 극도의 자제력을 발휘한다. 욕망이 일어날 때면 자발적으로 불쾌한 경험을 함으로써 그것을 상쇄한다.

스티븐의 경건함과 모범적인 태도에 깊은 인상을 받은 교장 선생님은 그를 불러 성직자가 되는 것을 생각해 보았는지를 묻는다. 그는 스티븐을 설득하려는 의도로 사제가 가지는 막중한 책무와 권위에 대해 설명한다. 그는 가톨릭의 사제가 된다는 것은 하늘나라의 천사나 대천사, 어떤 성자나 성모보다도 더 큰 권세를 가지는 일이라고 말한다. 교장 선생님의 설득에 스티븐은 자신도 가톨릭교의 사제가 되고 싶은 생각을 해 본 적이 있었다고 말한다. 스티븐은 사제가 된다면 과거의 잘못도 바로잡을 수 있을 것이고, 그렇게 되면 깨끗해진 자신의 영혼도 사랑하게 될 것임을 확신한다. 그는 교장 선생님이 설명해 준 사제만이 누릴 수 있는 지식과 권세를 통해서 가톨릭교의 내밀한 서재 안으로 들어갈 수 있는 특권에도 관심을 가진다. 그리고 사제가 된다는 특권 의식에 한순간 희열을 느끼기도 한다.

하지만 곧이어 스티븐은 종교를 통해 자신이 추구하고

자 하는 삶이 과연 올바른 것인지에 의문을 품게 된다. 그는 천사와 성자들도 부러워하는 힘의 대가가 살아가면서 경험할 수 있는 인간의 자유를 포기하는 것임을 어렴풋이 인식한다. 사제가 된다는 것은 엄숙하고 질서정연하며 정열이 없는 생활을 유지할 때에만 가능한 것이다. 그는 한때 자신을 몽테크리스토 백작의 이미지로 형상화해 이성에 대한 욕망을 통제하려 한 적이 있었다. 하지만 그는 홍등가를 찾아 간음을 했고, 아널 신부의 설교를 듣고는 사티로스들이 우글거리는 지옥을 경험하기도 했다. 그리고 다시 순수한 마음을 회복하겠다고 다짐한 지금 성직에 대한 제의는 일견 매력적인 것이다. 하지만 고해소에서 욕망을 멈추라는 신부의 호소가 그랬듯 사제가 되라는 교장 선생님의 제의는 그를 감동시키지 못하고 오히려 생명 없고 무료한 삶을 연상케 한다.

스티븐은 이제 다른 사람들로부터 떨어져 자신만의 지혜를 배워야 하고 자신만의 길을 가야 할 운명임을 직감한다. 그는 사제가 되는 것은 콘미 신부의 방에 있던 책상 위의 해골처럼 유령과 같은 삶이지 않을까를 생각한다. 그러한 생각이 들자 가톨릭교의 계율을 맹목적으로는 따르는 것은 의미가 없는 삶이라는 느낌을 받는다. 그는 교회에서의 진부한 삶보다 감각적인 삶이 자신에게는 더 어울린다는 사실을 깨닫는다. 그의 운명은 여하간 종교나 사회적인 구속에도 얽매이지 않는 것이며 삶의 지혜도 혼자 힘으로 터득해야 하는 것이다. 이제 그는 자유로운 삶을 선택하기로 하고 종교적인 규율에서 벗어나고자 한다. 자유롭고 독립적인 삶을 추구하는 스티븐에게 성직은 더 이상 고려할 가치가 없는 것이다. 그는 여전히 예수회의 규율에 흥미를 유지하지만 자기에게는 사제직이 어울리지 않는다는 생각에 교장 선생님의 제의를 거부한다. 그러면서 그는 자기 이름에 담겨 있는 상징성을 상기하고 자신의 운명이 예술가임을 깨닫게 된다. 그는 보잘것없는 재료로 날개를 만든 다이달로스처럼 언어를 이용해 인간의 상상력을 비상하게 하는 예술가가 되는 것이 자신의 사명임을 느낀다. 그는 가톨릭교의 사제가 되어 세상과 담을 쌓는 삶이 아닌 자유로운 예술가로서 세상을 접하는 삶이 진정 자신의 바람임을 인식한다. 그리고 그의 이러한 인식은 집으로 돌아오는 도중 해

변에서 만난, 새의 모습을 연상케 하는 소녀를 보자 확고해
진다. 그녀는 속세의 오점으로 인해 더욱 아름답고 신비롭
게 보인다.

물이 흘러가는 한가운데에서 한 소녀가 바다를 응시하며 홀
로 조용히 서 있었다. 그녀는 마치 마술로 인해 이상하고 아
름다운 바닷새의 모습으로 변모된 듯이 보였다. 그녀의 길고
발가벗은 다리는 학의 그것처럼 섬세했고 한 줄기 밝은 초록
색의 해초가 맨살 위에 표시처럼 모양을 만든 것 말고는 전
적으로 순결하게 보였다. 탱탱한 탄력의 상아처럼 부드러운
빛을 내는 그녀의 허벅지는 거의 엉덩이까지 드러나서 속옷
의 하얀 깃 장식은 부드러운 흰 깃털처럼 보였다. 그녀의 청
회색 치마는 허리춤까지 대담하게 치켜져 있었고 뒤쪽은 비
둘기의 꼬리와 같은 모습이었다. 그녀의 젖가슴은 새처럼 부
드럽고 가냘프고, 검은 깃털의 비둘기 가슴처럼 가냘프고 또
부드러웠다. 그러나 그녀의 긴 머리칼은 소녀다웠다. 그리
고 얼굴은 소녀다운 데다 인간의 아름다움을 드러내는 경이
감이 드리워져 있었다.

스티븐이 바라보는 그녀는 가톨릭교의 이미지뿐만 아니라 켈트나 이교도적인 성상이 어우러진 모습이다. 그녀의 부드러운 상앗빛 허벅지는 성모와 상아탑뿐만 아니라 어린 시절 사랑의 대상이었던 에일린의 상앗빛 손을 연상시킨다. 그녀가 비둘기를 연상케 하는 것은 성령을 암시하는 것이며 멀리 바다를 바라보며 서 있는 아름다운 모습은 바다 거품에서 태어난 비너스를 떠올리게도 한다. 그녀는 순수하고 순결하지만 허벅지에 붙어 있는 한 줄기 초록색의 해초는 삶의 유한성을 지닌 인간의 모습을 강조한다. 스티븐은 인간의 아름다움이 강조되는 그녀의 모습이 자신의 영혼 속에 각인되는 느낌을 받는데, 이때는 그에게 어떠한 말로도 표현할 수 없는 황홀경의 순간이다. 이 부분에서 해변의 소녀는 초자연적인 아름다움의 결정체인 단테의 베아트리체Beatrice를 연상케 한다. 그런데 단테가 베아트리체로부터 천상의 아름다움을 본다면, 스티븐은 해변의 소녀에게서 지상의 아름다움을 본다. 하지만 새 소녀의 아름다움은 그를 성스러운 침묵에 빠뜨릴 만큼 강인한 이미지로 다가온다. 이 순간 새의 이미지는 더 이상 두려움이나 죄의식 그리고 처벌이 아니다. 그것은 자연 세계의 아름다움이나 비상과 탈출의 가능성을 약속해 주는 긍정적인 의미와 연계된다. 이렇듯 스티븐의 천사는 베아트리체처럼 천국의 궁정으로부터 내려오지도 않았고 그를 인도해서 빛과 사랑의 왕국으로 데려가지도 않는다. 그녀는 단지 스티븐이 살도록, 과오를 범하도록, 타락하도록, 승리하도록, 인생에서 인생을 다시 창조하도록 하는 삶을 인도하는데, 이것은 그가 예술가로서의 소명을 받아들이도록 이끄는 것이다.

5) 제5장

제5장에서는 대학생이 된 스티븐이 자신의 영혼을 얽매고 있는 그물로부터 탈출하는 문제를 다루고 있다. 어느 날 아침 그는 자신의 신앙심을 걱정하는 어머니와 함께 부엌에 앉아 있는데, 아버지는 늦은 시간까지 학교에 가지 않는 그에게 게으르다며 욕을 한다. 그는 어머니가 걱정하는 것처럼 가톨릭교에서 말하는 구원의 가능성을 더 이상 믿지 않는다. 그는 입던 옷까지 팔아야 하는 극심한 경제난에 절망한 나머지 공부엔 흥미를 느끼지 못한다. 따분하고 판

에 박힌 문학 강의에서 벗어나 미학이론을 정립하고자 하며 친구들과의 교제에도 적극적이다. 스티븐은 정치적인 탄원서에 서명할 것을 권하는 크랜리Cranly의 청을 거부하는데, 이는 그가 아일랜드의 민족주의나 정치적인 문제에는 관심이 없음을 말해 주는 것이다. 이렇듯 그는 문학에 관한 예술이론 외에 가정사를 비롯한 아일랜드의 모든 문제엔 초연한 모습이다. 머캔MacCann은 예술이론에만 집중하는 그에게 반사회적이며 반민주적이라고 비난한다. 데이빈Davin도 그에게 아일랜드의 정치적인 문제에 관심을 기울이도록 종용한다. 하지만 스티븐은 아일랜드의 민족주의에 냉소적인 태도를 취하면서 데이빈이 주장하는 호전주의나 학생들의 문화적 쇼비니즘을 거부한다. 그는 머캔이 주장하는 국제주의나 사해동포주의에도 관심을 기울이지 않는다. 스티븐의 입장은 아일랜드는 그동안 조국의 독립을 위해 애썼던 영웅들을 배신해 왔다는 것인데, 템플Temple만이 그의 의견을 이해하고 존중한다.

스티븐은 아리스토텔레스와 아퀴나스의 철학에서 받은 영향을 바탕으로 자신의 미학이론을 정립해 나간다. 그에 따르면, 예술가는 작품을 구상할 때 자유로워야 하며 정적인 상태야말로 예술가의 영혼에 적합한 조건이다. 그는 학장에게 미학이론에서의 핵심적인 비극, 희극, 그리고 극적인 감정에 관해 설명한다. 그는 자신이 생각하는 예술과 예술에서의 미학적인 목적과 미에 대해서도 정의한다. 그런 다음 그는 유물주의자라 할 수 있는 친구인 린치Lynch에게도 자신의 이론을 구체적으로 설명한다. 스티븐은 린치와의 대화에서 예술을 서정적, 서사적, 그리고 극적이라는 세 가지 형태로 분류한다. 그는 린치에게 비극적 정서는 연민과 공포고 극적 정서는 욕망을 충동하는 동적인 감정이 아닌 정적인 감정으로 진정한 예술에 부합하는 조건이라고 말한다. 한동안 시간이 흐르고 그는 크랜리에게 조언을 구하기 위해 도서관 앞에서 기다리던 중 에머를 보게 된다. 스티븐은 복잡한 마음으로 그녀를 바라보는데, 그것은 한때 좋아했던 그녀가 소문대로 사제를 희롱한 것인지 그리고 자신을 조롱한 것인지에 대한 생각 때문이다. 그날 저녁, 그는 그녀에 대한 꿈을 꾼 후 시적 영감을 얻는다.

스티븐은 크랜리에게 종교 때문에 빚어진 어머니와의 갈

등에 대해 말하는데, 그는 부활절 행사에 참여하라는 어머니의 청을 거부한 사실과 자신이 더 이상 가톨릭교도가 아님을 이야기한다. 이에 크랜리는 그에게 어머니의 뜻을 따라야 한다고 조언한다. 그는 세상의 모든 것은 변해도 어머니의 사랑만큼은 변하지 않으며 진실하다는 점을 강조한다. 그는 그렇게 순수한 사랑을 베풀어 주는 어머니를 위해서 희생하는 일은 가치가 있는 것이라고 말한다. 스티븐은 성찬례에 쓰이는 빵이 성체라고 믿는지에 관한 질문에 모호한 입장을 취하는데, 그는 오랫동안 유지되어 온 가톨릭교의 권위만큼은 인정하지 않을 수가 없다고 시인한다. 하지만 더 이상 영혼을 구속시키는 신앙심을 유지할 마음은 없다. 그는 크랜리가 종교뿐만 아니라 아일랜드의 정치나 가족에 대해서도 자신과는 상반된 입장에 있음을 알게 된다. 스티븐은 그와의 우정도 마지막에 달했다는 것을 직감하면서 자유로워지기 위해선 먼저 자신을 얽어매고 있는 구속에서 벗어날 필요성을 확인한다. 그는 도서관 계단에서 저녁 하늘을 날아가는 새들을 바라보는데, 새들은 그의 마음속에서 구속으로부터 벗어나는 비상을 연상케 한다. 그는 자유로운 예술가가 되기 위해서는 초연하고 독립적인 생활이 필요함을 인식한다. 가톨릭교는 스티븐이 성장하는 데 도움을 주었으나 그가 예술가로서 성장하기 위해선 그것으로부터 벗어나야 한다. 자유로운 창작을 위해선 정신적인 구속이 되는 종교에서 벗어나 사람을 알고 사회라는 실체를 직면할 필요성이 있다. 일반인에 비해 훨씬 더 독립적이고 자유로운 상상력을 지닌 그에게 가톨릭 교의는 방해가 될 뿐이다. 예술가가 되기로 결심한 지금 그를 구원하는 것은 종교가 아니라 언어이다. 그러므로 그는 가족이나 친구들과의 관계가 끊어져 혼자가 된다고 해도 후회하지 않겠다고 생각한다. 이렇게 해서 그는 넌더리 나는 가족이나 편협한 조국 그리고 상상력을 구속하는 종교로부터 탈출하기로 결심을 굳힌다. 마침내 그는 크랜리에게 아일랜드를 떠날 계획을 알린다.

난 가정이건 조국이건 교회건 내가 더는 신봉하지 않는 것에 봉사하지 않을 거야. 그래서 난 가급적 자유롭게 인생과 예술이라는 양식으로 내 자신을 표현하려고 하겠어. 내 방어를 위해 내가 사용할 수 있는 유일한 무기인 침묵과 망명과 교묘함을 구사해 가면서 말이야.

작품의 마지막은 일기 형식으로 되어 있으며 이 부분에서는 탈출의 계획과 예술가로서의 비상이 그려진다. 스티븐에게 가정과 가톨릭교 그리고 조국인 아일랜드는 모두 자유를 구속하고 상상력을 마비시키는 압력으로 작용하는데, 예술가를 열망하는 그에겐 이 같은 압력에서 벗어나 새로운 삶을 향해 비상해야 하는 것이 필수적인 숙명이다. 물론 그러한 비상은 위험하거나 어리석은 선택이 될 수도 있다. 하지만 상상력의 자유를 얻기 위해선 어리석음을 선택하는 것이 필요한 과정이다. "나는 잘못을 저지르는 것을 두려워하지 않는다. 그것이 설사 큰 잘못이고 평생에 걸친 잘못, 어쩌면 영원히 계속될 잘못이라 하더라도 나는 두려워하지 않는다." 스티븐은 이제 떠나야 하고 떠날 준비를 마쳤다. 그것은 자발적인 망명이고, 망명은 고립을 의미하는 것이다. 하지만 그는 바로 그러한 고립 속에서 예술가로 거듭날 수 있는 것이다. 『젊은 예술가의 초상』은 결국 이렇게 끝을 맺는다.

4장
예술가로서의 성장과정

1. 성적 욕망과 섹슈얼리티

19세기 들어 오귀스트 콩트의 실증주의나 다윈의 진화론 등은 그간의 종교적 신념에 회의감을 증폭시키는 역할을 하였다. 더불어 기계에 의존하는 산업화와 그에 따른 도시화가 새로운 자본주의 사회의 특징이 되면서 기독교적인 신앙심은 농도가 약해진다. 이러한 현상은 유럽의 사회에서 나타나는 보편적인 상황이었다. 하지만 조이스가 살았던 아일랜드에서는 가톨릭의 교의가 여전히 사람들의 의식을 지배하고 있었고 사회나 문화 전반에 걸쳐 주도적인 역할을 했다. 따라서 문학 분야에서도 아일랜드적인 것은 순결과 신성이라는 가톨릭교회의 선행이 담겨 있는 것이라야 했다. 그러나 『젊은 예술가의 초상』에서 드러나듯이 가톨릭에 대한 시각은 아일랜드인들 사이에서도 많이 달랐다.

작품에서 단티 리오던과 같은 부류의 사람들은 아일랜드의 정체성을 가톨릭교회의 그것과 일치시킨다. 그들은 가톨릭교의 성직자들이 정치나 도덕적인 문제에 있어 대중들을 이끌어야 한다고 주장한다. 반면 사이먼 데덜러스나 케이시 씨와 같은 사람들은 아일랜드의 민족주의를 잘못 인도한 책임을 물어 가톨릭교회가 더 이상 정치적인 문제에 개입해서는 안 된다고 주장한다. 조이스 자신도 가톨리시즘Catholicism에 반대하며 교회가 정치적인 문제에 간여해서는 안 된다고 보았다. 무엇보다 그는 성도덕에 관한 가톨릭교회의 태도를 거부한다. 그는 아일랜드에서는 사회문화적인 부분은 물론 개인의 도덕적인 문제까지도 종교적으로 구속을 받기 때문에, 스스로의 자유로운 선택이 불가능하다고 생각했다. 마침내 선택의 기로에 선 그는 사제의 길을 포기하고 인간의 욕망을 거스르지 않는 예술가로서의 길을 선택한다.

조이스는 성장기에 내면에서 솟아나는 성적인 욕망을 인식하기 시작했고 14세라는 이른 나이부터 홍등가를 드나든다. 그는 이 일을 통해 육체적인 위안과 종교적인 양심 사이에서 심한 갈등을 겪는다. 이러한 감정은 『젊은 예술가의 초상』의 스티븐에게서 되풀이된다. 스티븐은 조이스가 그랬던 것처럼 성적인 금욕의 어려움을 느끼면서 가톨릭교의 죄의식과 인간적인 욕망 사이에서의 갈등을 경험한다. 작품의 제3장은 벨비디어 칼리지에서 부활절 기간 동안 있었던 묵상에 초점을 맞추고 있는데, 여기에서는 매춘부와 관계한 스티븐의 고백이 중심내용이다.

— 불순한 죄를 지었습니다, 신부님 ….

— 너 혼자서?

— 아니 … 다른 사람하고서.

— 여자들하고, 애야?

— 에, 신부님.

— 결혼한 여자들이었니, 애야?

스티븐은 고해 신부의 늙고 지친 목소리 앞에서 고개를 숙인다. 고해 신부는 교리 문답을 외듯이 짧고 선언적인 문장을 반복하는데, 그는 스티븐의 행위가 육체를 죽이고 영혼을 죽이는 무서운 죄라는 점을 강조한다. 이에 스티븐은 그의 교리 문답식 설교에 답하고 종교적 교리를 성실히 수행할 것을 약속한다. 그는 살인죄보다도 더 큰 수치심을 안겨 준 간음의 죄를 참회하면서 성적인 충동을 제어해 보려 한다. 그런데 스티븐의 이러한 노력은 프로이트가 말하는 물과 관련된 홍수를 막는 댐이나 조수를 막는 방파제를 연상시킨다. 여기서 홍수와 조수의 이미지는 스티븐의 마음을 자극하는 육체적인 욕망이라 할 수 있고, 이에 맞서는 댐과 방파제는 그러한 욕망을 이겨 내는 가톨릭 교의의 절제라 할 수 있다. 그는 홍수와 조수처럼 밀려드는 욕망의 조수를 막기 위해 절제라는 댐이나 방파제를 쌓고 싶어 한다. 하지만 그의 마음속에서 용솟음치는 욕망이라는 조수는 막아 내기엔 너무나도 강력한 것이다.

조이스에게 있어 인간의 육체적인 욕구인 성과 섹슈얼리티는 가톨릭교회라는 신성함을 초월하는 것이었다. 그러므로 조이스가 청소년기에 가졌던 성적인 경험에 죄의식을 느꼈고 그것이 죄가 될지라도, 욕망에 충실한 삶을 살고자 하는 본능을 제어하지는 못한다. 그가 말하고자 하는 것은 이런 것이다. 인간과 인간의 욕망은 절대적인 의미에서 해결되는 것은 아니다. 하지만 인생은 긍정될 수 있는 것이다. 조이스의 이러한 인생관은 『젊은 예술가의 초상』에서 스티븐이 에피파니를 경험하는 순간 구체화된다. 스티븐은 욕망을 억제하며 가톨릭의 사제가 되는 것은 자신의 길이 아님을 직감한다. 그는 해변에서 바다 쪽을 응시하는 새를 닮은 소녀를 보면서 설령 잘못되고 타락할지라도 인간의 아름다움을 찬미할 수 있는 예술가가 되겠다고 결심한다. 스티븐은 사제가 되는 것은 클롱고즈 학생 시절 콘미 신부의 집무실에서 보았던 책상 위의 해골처럼 생명이 없는 인생일 것이라고 예견한다. 이제 그가 가톨릭의 사제가 되지 않으리라는 것은 분명하고, 더 이상 종교적 구속에 얽매이지도 않으리라는 것 또한 확실하다. 그는 인간의 아름다움과 성적인 즐거움을 받아들일 수 있는 예술가로서의 삶이 자신의 소명임을 인식한다. 결국 성적인 욕망과 섹슈얼리티는 스티븐의 의식을 지배하는 관념이자 예술 창작의 원리로서 작용한다.

2. 가톨릭과 예술가로서의 삶

스티븐의 눈에 비춰지는 크리스마스 가족 모임에서의 치열한 논쟁은 그 당시 아일랜드에서 종교적인 문제가 얼마나 중요했는지를 잘 보여 준다. 그는 클롱고즈 칼리지에 입학하면서부터 엄격한 예수회의 교육을 받았고 요구되는 규율도 충실히 따랐다. 예수회는 가톨릭교회에서 가장 큰 남성 중심의 교단이다. 그리고 이곳의 회원은 예수회 수사라고 불린다. 이 교단은 1534년 8월 성 이냐시오 데 로욜라에 의해 창립되었다. 성 이냐시오와 성 프란시스 자비에르를 포함한 6명의 대학생들은 파리에서 영적인 성장을 목표로 청빈, 순결, 그리고 복종하는 삶을 살 것을 선언한다. 1540년 예수회는 교황 바오로 3세로부터 재가를 받고, 성 이냐시오가 초대 회장이 된다. 예수회는 전 세계에 걸쳐 선교 사업과 반종교 개혁을 이끌었다. 하지만 교회 내에서 제도의 변화를 이끌고 정신적인 성장에 새로운 바람을 일으키고자 한 노력은 잦은 반대에 부딪히게 된다. 이러한 반대는 1773년 당시 교황이었던 클레멘트 14세가 예수회 교단의 폐지를 결의함으로써 최고조에 달한다. 교황 파이우스 7세는 1814년 그 교단을 회복시켰고, 예수회 수사들은 선교와 교육 사업을 계속할 수 있게 되었다. 조이스는 이곳에서 엄격한 예수회 교육을 받았으며 그러한 자신의 경험을 스티븐이라는 인물을 통해 보여 주고 있다.

조이스가 그랬듯 스티븐 역시 가톨릭교에 대한 환상을 잃게 되는데, 여기엔 신부들의 언행에서 비롯된 종교적인 회의가 큰 몫을 차지한다. 그중 특히 공부를 하지 않기 위해 일부로 안경을 깨뜨렸다고 매질을 가하는 돌란 신부의 태도는 책임이 크다. "이 작은 음모가. 난 네 얼굴에서 음모가의 모습을 볼 수 있어"라고 외치는 그의 책망은 무엇보다 자존심에 상처를 입힌다. 이에 스티븐은 교장 선생님을 찾아가 돌란 신부의 부당함을 알리며 자존심을 회복하려 하는데, 이로써 신부에 대한 맹목적인 존경심에 회의감을 느끼게 된다. 그는 시간이 흐르면서 신앙심과 종교로부터도

멀어진다. 찰스 할아버지와 교회에 가는 일에도 시큰둥한
데, 이것은 그가 종교적인 신념을 상당 부분 잃었음을 보여
주는 것이다. 그는 이제 종교적인 일보다는 친구나 가족들
과의 관계에 더 열중하게 되지만 그들과의 관계에서도 소
외감과 중재자로서의 무력감을 느낀다.

그는 자신의 덧없는 소외감을 빤히 바라보고 있었다. 그는 자
신이 접근해 보고자 했던 삶에는 한 걸음도 가까이 가지 못했
고, 어머니나 형제자매들과 자신을 갈라놓았던 그 걷잡을 수
없는 수치와 원한을 가로질러 건너갈 다리도 놓지 못했다.

스티븐의 소외감과 무력감이 더해 가면서 오히려 육체
적인 욕망은 커져만 가는데, 그는 이 모두의 결핍을 채우기
위해 매춘부를 찾는다. 그는 누군가로부터 사랑을 받고 싶
었고 부족한 결핍을 채우고자 했다. 하지만 매춘부와의 관
계를 맺고 난 후에도 고독감은 해소되지 않는다. 그러자 그
는 다시 피정 기간을 맞아 3일간의 묵상을 통해 자신의 죄
를 참회하며 종교에 순응하는 삶으로 회귀한다. 피정의 마

지막 날 그는 학교에서 조금 떨어진 곳에 있는 작은 교회로 가서 자신의 죄를 고백한 후 경건한 생활을 시작한다. 죄를 참회한 후 하느님의 자비를 체험했다고 느낀 그는 신성과 사랑 그리고 영원성 같은 개념을 인생의 신조로 받아들인다. 이제 그는 영혼의 영원성을 믿으며 사후엔 자신도 그렇게 되길 희망한다. 영원성에 도달하기 위해 절제된 삶을 사는 것이 그의 유일한 목적인 것처럼 보인다. 그는 영원성에 도달하려면 먼저 이 세상에서 자신의 가치를 증명해야 한다고 생각하고 앞으로는 죄로부터 벗어난 변화된 삶을 살고자 한다.

때마침 벨비디어의 교장 선생님은 그에게 사제직을 제안한다. 교장 선생님은 예수회 학교 학생 중에서도 겨우 두세 명만이 하느님께 공헌하는 삶을 살아갈 수 있다고 설명한다. 그는 신부가 되는 것은 이 세상에서 가장 강력한 힘을 소유하는 것이라고 말한다. 스티븐은 자신도 사제가 되어 천사들이나 성인들마저 경외하는 막강한 권세를 휘두르는 모습을 자주 그려 보았기 때문에 그의 제의를 영광스러운 일로 받아들인다. 하지만 그는 곧 강력한 힘을 소유하고 막

강한 권세를 휘두르는 것이 사제들의 올바른 태도도 아니고 역할도 아님을 깨닫는다. 그는 그렇게 부당한 이유로 사제의 직을 권하는 교장 선생님의 논리에도 실망한다. 무엇보다 그는 가톨릭교의 내밀한 지식이나 비밀에 접근할 수 있는 사제가 된다 해도 그것은 가치 없는 삶임을 인식한다.

교회가 자랑하는 특권이라든가 신부가 되어 누리는 신비와 권세를 택하라고 촉구하는 교장 선생님의 목소리가 아련한 기억이 되어 부질없이 울려 대고 있었다.

스티븐은 수영을 하다 지나가는 자신을 부르는 "스티븐 데덜러스!"라는 이름을 "스테파노스 데덜러스Stephanos Dedalus!"로 듣는다. 그가 이렇게 듣는 것은 물속에서 허우적대며 외치는 소리가 불명확하기 때문인데, 아이들의 외침은 다시 "부스 스테파누메노스Bous Stephanoumenos! 부스 스테파네포로스Bous Stephaneforos!"라는 소리로 변용되어 들린다. 이는 그리스어로 "화환을 쓴 황소Ox wreathed! 화환을 두른 황소 Ox garlanded!"라는 뜻으로 희생과 순교의 의미가 있다. 스티븐

에게 이 소리는 절반이 황소인 미노타우로스를 태어나게
한 죄로 미로에 갇힌 다이달로스를 연상시킨다. 다이달로
스는 예술가였고 장인의 솜씨로 만든 날개를 이용해서 미
로로 얽힌 크레타 섬을 탈출했다. 이 순간 스티븐은 자신도
자유를 구속하는 아일랜드라는 미로를 벗어나 예술가적 재
능을 발휘하고 싶다는 바람을 가진다. 그는 예술가의 길이
진정 자신의 소망임을 인식하는데, 이는 그의 운명을 결정
짓는 중요한 에피파니의 순간이다.

　스티븐은 잿빛 하늘을 올려다보며 시간의 초월성을 인
식하고 지금까지의 삶을 성찰하는데, 이 순간 파도 위를 날
아 하늘로 올라가는 한 마리의 새는 예술이라는 태양을 향
해 날아오르는 자신의 미래를 보여 주는 듯하다. 그런데 그
가 비전을 통해 자신의 미래를 보는 것은 그의 예술가적인
재능을 보여 주는 것으로, 이는 스티븐이 유년기부터 지금
에 이르기까지 꾸준히 보여 주었던 특별한 재능이다. 그는
이제 명장인 다이달로스가 그랬던 것처럼 보잘것없는 재료
만으로노 새롭고 신비한 작품을 빚어낼 수 있는 예술가로
서의 계시를 깨닫게 된다. 이렇게 해서 그는 예술가가 되어

직접 세상을 경험하고 지혜를 습득하면서 삶의 의미를 찾아갈 것이다.

스티븐의 결심은 해변을 걷다 마주친 소녀의 모습을 보자 더욱 확고해진다. "오, 이럴 수가!" 이렇게 그의 영혼은 세속적인 환희를 터트린다. 그녀의 이미지는 그가 세속적인 삶을 살면서 잘못되고 타락할지라도 인간의 아름다움을 그리도록 해 주는 야심 찬 기회의 가능성을 상징한다. 그것은 가톨릭교라는 교단에서 생기 없는 사제가 되는 것보다 훨씬 더 마음을 끄는 일이다. 스티븐은 아무런 말도 하지 않고 발길을 돌리는데, 그가 그녀로부터 멀어지는 것은 그가 종교적인 제약으로부터 멀어짐을 의미한다. 즉 그가 더 먼 해변으로 달려가는 것은 가톨릭교의 구속에서 벗어나 자유를 찾아가는 행위이며 예술가로서의 삶으로 다가감을 뜻하는 것이다. 마지막 장에서 크랜리는 스티븐에게 가톨릭교에 대한 믿음과 신앙심을 회복해 주려고 노력한다. 하지만 이제 스티븐은 가톨릭교로부터는 완전히 벗어났으며 오직 예술에만 관심을 기울인다.

5장
모더니즘과『젊은 예술가의 초상』

1. 모더니스트 스티븐 데덜러스

『율리시스』에서 스티븐 데덜러스는 "역사는 내가 깨어나려는 악몽"이라고 말하는데, 이는 마르크스가 역사를 "사람들의 머리를 짓누르는 악몽인 죽은 세대들의 전통"이라고 언급한 것과 연결되는 부분이다. 『젊은 예술가의 초상』의 마지막 부분에서, 스티븐은 "민족의 창조되지 않은 양심을 내 영혼의 대장간에서 벼리기 위해" 그러한 악몽으로부터 탈출하기로 결심한다. 스티븐은 아일랜드라는 조국이 영국이나 로마 가톨릭교에 의해 정치·경제적으로나 정신적으로 구속되어 있어 의식이 마비된 상태라고 보았다. 따라서 그는 악몽처럼 마비된 역사로부터 탈출해 자유롭고 창의적인 활동이 가능한 곳으로 가고자 한다. 모더니즘이 과거로부터 벗어나려는 시도라고 본다면, 모더니스트로서 스티븐은 틀에 박힌 인습과 일상생활로부터 벗어나려는 시도를 한다.

2. 모더니즘의 기법

『젊은 예술가의 초상』은 19세기의 사실주의적인 문체와는 다른 양식을 추구한, 모더니즘의 사조를 대표하는 소설이다. 모더니즘은 제1차 세계대전 이후 빠르게 변모하던 세계관을 반영한 것으로, 종교나 사회적인 질서 등 기존의 제도에 대한 의문에서 출발하였다. 이 시기의 소설은 버지니아 울프의 말대로 "시에서의 고양된 부분과 산문에서의 평범한 부분이 새롭게 혼합되는 양상"을 보여 준다. 실제로 모더니즘 소설은 누가 어떤 집에서 살고 직업이 무엇이고 수입이 얼마고 하는 시시콜콜한 부분에 집중하는 사실주의 소설과는 달리 등장인물들의 고양된 감정이나 생각을 새로운 각도에서 다룬다. 이러한 특성을 지닌 문학운동으로서의 모더니즘은 조이스에게도 많은 영향을 주었는데, 특히 그의 『젊은 예술가의 초상』에는 모더니즘이라는 문학의 특성이 잘 드러나고 있다. 그리고 이 작품에서 적용되거나 완성되고 있는 모더니즘의 기법은 다시 문학 분야에서 모더니즘이라는 사조를 발전시키는 데 기여한다. 그리고 이 작품에서 가장 특징적인 모더니즘의 기법은 '의식의 흐름'이라 할 수 있다.

스티븐은 마지막 제5장의 일기에서 의식의 흐름이라는 일련의 연속된 사고를 통해 자신의 생각을 보여 주는데, 이는 소설이 기존의 인습으로부터 벗어나 새로운 방식으로 쓰여야 한다는 조이스의 모더니즘적 예술관을 반영해 주는 것이다. 의식의 흐름이란 미국의 심리학자인 윌리엄 제임스가 『심리학 원리』를 통해 사람의 사고, 인식, 기억, 연상 등등은 고정된 것이 아니라 유동적인 것이라는 설명에서 나온 말이다.

그런데 의식은 조각조각 드러나는 것이 아니다 … 의식은 고정된 것이 아니라 흐르는 것이다. '강물'이나 '시내의 흐름'이 그것을 가장 자연스럽게 묘사하는 비유가 된다. 따라서 이제부터 의식을 말할 때는, 그것을 사고나 의식 혹은 개인적인 삶의 흐름이라 부르겠다.

『젊은 예술가의 초상』에서는 조이스가 말하는 심리학 원리처럼 스티븐의 의식이 시간의 제약을 벗어난 이른바 '자유연상기법'이 사용되고 있다. 의식의 흐름으로서의 자유연상기법은 실제로 눈앞에서 일어나는 현실과는 다른 심리학적 실재에 접근하는 방식으로서 모더니즘 문학의 독특한 기교이다. 의식의 흐름은 사회보다는 개인에 초점을 두는 문학의 특징을 반영하는 것으로서, 이는 조이스뿐만 아니라 많은 현대 작가들이 시도한 모더니즘의 기법이다.

그들은 마음에서 일어나는 일들을 미세한 부분까지 읽어 내려 했고 심리적인 실재를 있는 그대로 표현하고자 했다. 따라서 그들은 정형화되고 논리적인 틀에서 벗어나 조리가 닿

지 않거나 어법에 맞지 않더라도 자유연상기법에 따라 생각
이나 이미지 등을 표현했다.

하지만 조이스는 20세기의 그 어떤 모더니즘 작가들보다
도 의식의 흐름을 더욱 발전시켜 사용한다. 의식의 흐름은
등장인물의 생각이나 감정을 자유로운 방식으로 표현하는
것을 가능케 하는데, 작가는 사고의 흐름을 논리적이고 인
과적으로 만들기 위해 개입할 필요가 없다. 그는 인물들의
사고를 있는 그대로 보여 주면 될 뿐이다. 『젊은 예술가의
초상』에서 보이는 또 하나의 모더니즘적 특징은 상징주의
라고 할 수 있는데, 무엇보다 새의 이미지는 주인공의 목표
이기도 한 탈출과 관련한 상징이라는 측면에서 중요하다.
새는 자유라는 주제와 더불어 주인공의 이름이 함축하고
있는 의미와 관련하여 그리스의 다이달로스 신화를 연상시
킨다. 다이달로스가 밀랍과 새의 깃털을 이용해서 탈출의
도구로서 날개를 만드는 것은 예술가가 되고자 하는 스티
븐의 결의와 맥을 같이하는 것인데, 다이달로스가 만든 날
개로 하늘을 날다 추락하는 이카루스의 일화를 생각하면

예술가로서 스티븐의 운명이 그렇게 녹록하지 않다는 것을 예측게 한다. 이렇듯 이 작품에서는 모더니즘 문학의 기법인 신화의 구조와 그것의 상징성이 중요한 기법으로 활용된다.

『젊은 예술가의 초상』에서 볼 수 있는 또 다른 모더니즘의 기법은 언어와 관련된 문체라고 할 수 있다. 작품의 대부분이 3인칭 화자의 서술로 진행되고 있는 작품의 내용은 예술가가 되려는 의지로 조국인 아일랜드를 떠나 새로운 세계로 가기 전까지 스티븐이 경험하는 삶의 궤적에 관한 것이다. 즉 이 작품은 조이스의 페르소나인 스티븐 데덜러스라는 한 젊은이가 성장하는 과정과 그가 정립해 가는 예술이론을 이야기하는 것이 핵심 내용이다. 조이스는 작품의 서술 방식을 3인칭으로 유지하다 마지막 장에 가서야 1인칭으로 바꾸는데, 이는 3인칭 화자이자 작가인 조이스와 스티븐이라는 1인칭 화자가 동일인임을 보여 주는 것이다. 이는 3인칭의 대상이었던 스티븐이 자기만의 예술이론을 설명할 만큼 성숙했음을 의미한다. 작품은 스티븐의 나이 3세 무렵부터 20세 전후까지의 성장기를 그린다. 흥미로운 점은 어린 시절부터 성인이 되기까지의 사고와 경험이 각각의 나이에 어울리는 어투로 서술되고 있다는 것이다. 이는 문체를 중시한 모더니즘 작가들의 공통된 특징이기도 한데, 『젊은 예술가의 초상』에는 그들이 강조한 문체가 스티븐의 언어로 완벽하게 실증된다.

3. 신화적 구조

『젊은 예술가의 초상』은 성장 소설의 기준에서 보면 주인공의 정체성을 추구하는 작품이라 할 수 있는데, 실제로 이 작품에서는 주인공이 스티븐 데덜러스라는 독특한 이름에 담긴 의미를 탐색하고 있다. 그리고 작품에서 그와 관계된 교회, 조국, 여성, 섹스, 경험과 창의력은 모두 데덜러스라는 신화적인 의미와 연계되어 있다. 스티븐이 처음 자기 이름을 말했을 때 로치Roche는 "네 이름은 이상해"라고 말하는데, 이때부터 그는 자신이 누구인가를 탐색하며 이름 속에 담긴 신화적인 의미에 대해서도 생각하기 시작한다. 그는 성 스티븐스 그린St. Stephens Green 공원을 지나다가 자신과 이름이 같은 성 스티븐을 떠올린다. 성 스티븐은 돌에 맞아 죽은 기독교 최초의 순교자인데, 작품에서는 스티븐이란 이름보다는 데덜러스라는 성이 지니고 있는 신화적인 측면이 더 강조된다.

그리스 신화에서 다이달로스는 크레타의 미노스 왕을 위해 미로를 만들어 준 전설 속의 인물이다. 그는 아테네의 건축가이자 발명가였다. 다이달로스는 자기가 톱을 창안했다고 주장했으나 그의 조카가 발명의 영예를 안게 되었다. 그러자 그는 질투심에 사로잡혀 조카를 죽였고, 그로 인해 그는 크레타로 도망쳐 와 미노스 왕에게 의지하게 되었다. 그곳에서 그는 미노스 왕을 위해 많은 발명품을 고안해 주었는데, 그가 만든 미로labyrinth는 미노스 왕의 아내인 파시파에 왕비가 황소와 사랑에 빠졌을 때 만든 것이었다. 다이달로스는 왕비를 돕고자 암소 모양의 틀을 만들어 그 안에 들어간 왕비가 황소와 사랑을 나눌 수 있게 해 주었다. 그 결과 그녀는 미노타우로스라는 반인반수의 괴물을 낳게 되었다. 미로는 애초에는 미노타우로스를, 나중에는 파시파에 왕비와 그녀의 공모자들을 가두기 위해 만든 것이었으나, 미노스 왕은 그것을 다이달로스를 가두는 용도로 사용했다.

하지만 다이달로스는 자신의 운명을 받아들이지 않았다. 그는 미로에 갇히기를 극구 거부했는데, 미로의 내부가 너무나 복잡하여 그 자신도 나오는 입구를 찾을 수 없었기 때문이었다. 그럼에도 결국 갇히게 되자 그는 아들인 이카루스와 함께 탈출할 방법을 모색하게 되었다. 미노스 왕은 그가 밖을 내다볼 수 있도록 창을 하나 내주었는데, 다이달로스는 창문을 통해 밖을 보다 영감을 얻어 새처럼 날아갈 방안을 강구하게 되었다. 그는 새의 깃털을 모아 밀랍으로 붙여 날개 모양의 틀을 만들었고 탈출을 감행했다. 그는 아들에게 태양 빛이 뜨거우니 높이 날지 말라고 경고한다. 그는 밀랍이 녹아 깃털이 떨어지지 않을까를 걱정하고 있었다. 그러나 이카루스는 아버지의 말을 귀담아 듣지 않았고 높이 날고 싶은 욕망으로 하늘 가까이까지 오르게 되었다. 마침내 밀랍이 녹아내리자 그는 바다로 추락해 익사하였다. 빈면 다이달로스는 무사히 날아 크레타 섬을 탈출할 수 있었다.

여기서 다이달로스라는 이름에는 망명자라는 의미가 생겨났고 데덜러스라는 성을 가진 스티븐의 운명도 가늠할 수 있게 한다. 다이달로스가 시실리 섬으로 탈출을 시도한 것처럼 그의 전설은 스티븐에게 조국인 아일랜드를 떠나 다른 나라로 망명할 그의 처지를 상기시켜 준다. 이렇듯 다이달로스 신화는 『젊은 예술가의 초상』의 구조적인 틀이 되고 있다. 스티븐은 처음부터 더블린이라는 도시의 미로 속에 갇힌 느낌을 받는데, 예를 들어 학교는 수없이 많은 복도로 연결된 복잡한 미로이고 더블린은 수많은 거리로 연결된 광대한 미로라 할 수 있다. 스티븐은 더블린의 어둡고 더러운 거리를 헤매는데, 자신의 정체성을 고심하는 그의 마음 또한 일종의 미로와 같다. 미로에 갇힌 그는 자신의 운명이 무엇인지, 왜 언제나 길을 잃고 방황하는 느낌을 받는지를 필사적으로 고민한다. 그는 욕망에 굴복하는 것이 함정이고 죄임을 인식하지만, 그것에 유혹되어 직접 경험해 보고자 한다. 그는 '이 세상의 함정'이란 육체적인 욕망이고 그것에 유혹되어 성적인 경험을 하는 것이 '죄를 짓는 것'이더라도 그것에 직접 부딪쳐 보고자 한다. 스티븐은 높이 날지 말라는 다이달로스의 당부를 듣지 않은 이카루스처럼 코크를 함께 여행한 후 아버지의 영향력으로부터 멀어진다. 무엇보다 그는 감정에 대한 이해보다는 종교적 덕목만을 강조하는 아일랜드나 집안의 분위기로부터 벗어날 필요성을 인지한다. 스티븐은 도서관 층계에서 한 쌍의 새를 보게 되는데, 그는 예술가가 되기 위해 어디론가 떠나야 하는 자신의 운명을 어딘가를 향해 날아갈 새들의 그것과 동일시한다. 그에게 새들은 감각적인 세상을 선회하고 있는 해체된 의식을 상징하고, 그것은 결국 예술가의 정신을 상징하는 것이다. 이는 미로에 갇힌 다이달로스가 작은 창을 통해 날고 있는 새들을 보는 모습을 연상케 한다는 의미에서 스티븐이 처해 있는 상황을 알 수 있게 해 준다. 상상력의 제약을 받지 않는 예술가를 꿈꾸는 그에게 아일랜드는 벗어나야만 하는 미로이다. 따라서 그는 정신적인 구속이 되는 가족, 종교, 그리고 조국을 떠나기로 결심한다.

스티븐은 도서관 계단에서 저 멀리 바다 위로 저물어 가는 어스름을 향해 날아가는 새들을 보자 평온함을 느끼며 자신도 떠날 때가 되었음을 인식한다. 그리고 이 순간 그는 자신이 무엇을 할지를 확신하게 된다. 처음 로치가 자기에게 이름이 이상하다고 말했을 때만 하더라도 그는 자기 이름의 의미를 이해하지 못했다. 하지만 예술가를 꿈꾸며 조국인 아일랜드를 떠나기로 결심한 지금, 그는 자기 이름에 담긴 의미가 자신의 운명을 예언하는 것이었음을 깨닫는다. 스티븐은 하늘로 비상하는 새를 보면서 다이달로스라는 명장의 이름을 떠올리는데, 그는 이때 자신이 그토록 알고 싶어 했던 정체성에 관해 해답을 얻는 느낌을 받는다. 그는 다이달로스가 깃털과 밀랍만으로 불멸의 비상체(날개)를 만들었다는 사실에서 자신도 평범한 일상에서 불멸의 작품을 창조하는 예술가가 될 수 있을 것이라는 에피파니를 경험한다.

이제, 자신의 이상한 이름은 그에게 예언처럼 여겨졌다. 예언과 상징들로 가득한 중세 서적의 한 페이지를 펼치는 기이한 도안인가? 매와 같은 모습의 사람이 태양을 향해 바다 위로 날아가다니 그게 바로 그가 태어나면서부터 예정되어 있었고 유년기와 소년기를 통해 안개처럼 희미하지만 꾸준히 추구해 왔던 바로 그 목표를 예언하고 있을까? 자신의 작업실에서 이 지상의 보잘것없는 물질을 가지고서 하늘로 솟구치는 새롭고 신비한 불멸의 물질을 빚어내고 있는 예술가의 상징인가?

스티븐은 자신과 다이달로스 사이에는 공통점이 있다는 것을 느끼고, 데덜러스라는 이름엔 예술가적 운명이 내재되어 있다고 확신한다. 이제 그는 예술가로서의 소임을 받아들인다. 그는 "그렇다, 그렇다, 그렇다!"라고 외치면서 자기도 자신과 동일한 이름을 가진 그 옛날의 위대한 명장이 되어 자유로운 영혼을 밑천으로 삼아 아름답고 신비한 불멸의 작품을 보란 듯이 창조해 보리라고 결심한다. 스티븐의 이러한 확신은 해변의 새를 닮은 소녀를 만나면서 더욱 명확해진다. 그녀는 성스러움이 깃든 세속적인 모습이지만 그를 황홀경에 도취시킬 만큼 아름다운 천사의 이미지이기도 하다. 스티븐은 필멸의 존재인 인간의 아름다움에 감화를 받고 언어로써 그것을 표현하려 한다. 바로 언어를 다루는 예술가가 되기로 한 것이다. 그는 이제 자신의 운명이 더 이상 가톨릭교회의 신봉자가 아니라 자신의 재능을 발현시킬 수 있는 작가임을 깨닫고 목표를 향해 비상하려 한다.

6장
가족, 종교, 그리고 조국

1. 가족에 대한 실망과 책임으로부터의 탈출

스티븐은 10형제 중 맏이였고, 그런 이유로 가장 좋은 교육의 혜택을 누린다. 그가 성장하고 예술가가 되는 과정에서 아버지나 단티 아주머니 등이 중요한 역할을 하는데, 특히 어머니는 스티븐을 직접 교육하면서 피아노 연주를 통해 예술적인 재능을 키워 주려 노력한다. 가세가 날로 기우는 상황에서도 어머니는 대가족을 보살피는 데 최선을 다한다. 그녀는 신앙심을 굳건히 지키는 여성으로 스티븐이 성장기에 정서적인 중심을 바로잡을 수 있도록 해 준다. 따라서 스티븐은 클롱고즈 칼리지에 입학하면서부터 낯선 환경이나 친구들과의 문제 때문에 정서적으로 불안감을 느낄 때면 항상 어머니를 그리워한다. 하지만 크리스마스 파티에서 파넬을 두고 벌어진 싸움을 중재하던 중 보인 어머니의 눈물은 스티븐을 혼란스럽게 만든다. 이때부터 그녀는 더 이상 스티븐에게 강한 인상을 주지 못한다. 어머니의 영향력이 완전히 사라진 것은 아니지만, 스티븐은 이제 친구나 선생님 그리고 교회 등으로 교제의 영역을 넓히게 된다.

어머니는 스티븐이 나중에 어른이 되면 에일린과 결혼하겠다고 말했을 때 단티 아주머니와 더불어 그의 눈알을 빼겠다고 위협함으로써 의도와 상관없이 이성 관계를 차단하는 역할을 한다. 어머니의 신앙에 대한 강요와 그의 어머니에 대한 사랑은 그가 나중에 에머와의 관계도 만족스럽게 발전시키지 못하는 원인이 된다. 스티븐은 어머니로부터 소원해지면서 성적인 환상을 충족해 주는 여성들에게 접근하는데, 이들은 에일린, 에머, 메르세디스, 매춘부들로서 그들 모두는 그가 예술가로 성장하는 데 기여한다. 그는 이처럼 어머니로부터 멀어지면서 많은 여성과의 경험이 가능해지고 자신의 예술적인 재능을 발전시킬 수 있게 된다. 따라서 그가 아일랜드를 떠나는 것은 일면 어머니로부터 떠나는 것을 의미한다.

소설의 중간 부분에서는 어머니나 가정에 대한 이야기가 거의 나오지 않는다. 작품이 끝나 갈 무렵 스티븐이 아일랜드를 떠나기 위해 준비하는 과정에서야 그녀가 다시 등장한다. 그녀는 스티븐이 가톨릭교회에 대해 적대적인 감정을 보이는 것을 우려하며 짐을 싸 주면서도 곧바로 돌아오길 희망한다. 하지만 이때는 이미 그가 가톨릭 신앙이나 어머니에 대한 미련을 접은 후이다. 따라서 어머니의 사랑만큼 순수하거나 진실한 것이 없다고 주장하는 크랜리의 설득조차도 그의 마음을 돌려놓지 못한다. 그는 조국이나 종교가 자유로운 상상력을 구속하는 것이라면 어머니의 신앙심도 그러한 것이고 궁극적으로는 그녀의 품을 벗어나는 것이 자유를 찾는 길이라고 생각한다. 그는 예술은 어떤 형태로는 정신이 구속되지 않는 자유로운 상태에서만 가능한 것이라고 확신한다.

아버지인 사이먼 데덜러스는 파산했기 때문에 경제적인 무능력자가 된다. 그는 순전한 민족주의자로서 화려했던 과거만을 회상하는데, 그로 인해 가정 살림은 나날이 어려워져만 간다. 하지만 그도 어머니가 그랬듯 성장하는 스티븐에게 영향을 끼친다. 아버지는 세상을 인식하기 시작한 스티븐에게 옛날이야기를 들려주는 방식으로 언어를 가르친다. 그는 아일랜드의 독립을 이끈 민족당의 당수인 파넬을 깊이 존경하였고, 사이먼의 이러한 태도는 스티븐에게도 영향을 준다. 그는 파넬을 비난하는 단티 아주머니의 욕설을 듣고 분노의 눈물을 흘리는데, 이는 스티븐에게 아일랜드에서는 종교뿐만 아니라 정치적인 문제도 심각한 상황임을 인식하도록 한다.

　하지만 스티븐은 아버지로부터도 점점 멀어진다. 사이먼은 가장으로서 집안의 안정을 유지할 수 없었고, 경제적으로 궁핍하여 가족들이 집을 계속해서 옮겨 다니게 만들었다. 그는 술 때문에 모든 위신을 잃어버린다. "그때 홀연히 아버지가 나타났다. 소개 인사. 아버지는 정중하게 데이빈을 살폈다. 아버지는 그에게 다과 대접을 해 줄 건데 괜찮

겠느냐고 물어보았다. 데이빈은 모임에 가는 길이라면서 사양했다." 스티븐은 아버지와 함께 가재도구를 팔기 위해 코크에서 열리는 경매에 참가하는데, 이때 본 아버지의 모습에 더욱 실망한다. 아버지는 과거에 대한 향수에서 헤어 나오지 못하면서도 지분거림과 허세는 버리지 못하는 인물이다. 코크 여행을 마친 후 스티븐은 아버지에 대한 믿음을 완전히 잃는다. 한때 그는 아버지의 경제적인 몰락이 반 파넬파들의 불합리한 견제나 방해 때문이라고 생각한 적이 있었다. 하지만 이제는 그러한 생각에 확신을 가지지 못한다.

단티 아주머니는 스티븐의 집에서 살림을 도와주었던 신앙심이 두터운 여성이다. 그녀는 가톨릭의 교의에 무엇보다도 중요한 가치를 두면서 경건한 삶을 살아간다. 그녀는 스티븐이 어른이 되면 에일린과 결혼하겠다고 하자 에일린이 신교도라는 이유로 강력하게 반대한다. 이렇듯 그녀는 종교적인 제약이라는 측면에서 성장기의 스티븐에게 커다란 영향을 끼친다. 또한 크리스마스 파티에서 큰 싸움이 벌어졌을 때, 그녀는 가톨릭의 교의를 옹호하면서 파넬을 비난한다. 이때의 싸움은 스티븐에게 인간관계의 불화와 증오와 비타협이라는 공포를 알게 해 준다. 따라서 그녀는 스티븐에게 어머니나 아버지처럼 큰 영향을 끼치는 인물이다. 이후 스티븐은 가톨릭교회에 대한 믿음을 잃어버리게 되는데, 이때는 그가 가톨릭교회를 대표하는 단티 아주머니에 대한 존경심을 잃게 되는 때이기도 하다.

찰스 할아버지와 나머지 가족들은 스티븐이 예술가로서 성장하는 데 이렇다 할 영향을 주지는 않는다. 이렇게 본다면 스티븐은 성장하면서 가족들과의 유대가 강하지 않거나 강했더라도 점차 약화된다고 할 수 있는데, 기실 가족으로부터 멀어지는 것은 그가 예술가로서 성장하는 데 필수적인 단계가 된다. 예술가가 되기 위해 그는 가톨릭교회를 떠나야 하고 가족을 떠나 세상과 여성들을 직면할 필요성이 있다. 그는 아일랜드의 정치나 상황을 알게 되면서 그러한 것들이 예술가적 재능에 방해가 된다는 것을 느껴 왔다. 따라서 자유로운 창작력의 발휘를 위해선 그가 가족이나 조국에 대한 의무감으로부터 벗어날 것이 요구된다. 이렇게 해서 그는 작품이 끝나 갈 무렵 어머니로 상징되는 가정, 아버지로 상징되는 조국, 단티 아주머니로 상징되는 교회라는 고리를 끊고 자유로운 상상력이 보장되는 새로운 나라로 떠날 것을 결심하게 된다.

2. 종교에 대한 거부와 구속으로부터의 탈출

1903년 4월 10일 조이스는 집으로 돌아오라는 간단한 전보 한 통을 받게 된다. 그 내용은 "모母 위독함, 귀가 바람 부父"라는 것으로 말기 암에 접어든 어머니의 상태에 관한 것이었다. 그가 도착하자마자 어머니는 본인을 위해 고해성사를 하고 영성체를 받으라고 부탁했으나 조이스는 거절했다. 이는 조이스가 자신을 더 이상 가톨릭 신자로 생각하지 않았기 때문인데, 그는 1902년 부활절을 기점으로 더 이상 영성체를 받아들이지 않았다. 이런 상태에서 어머니는 결국 44세의 일기로 생을 마감한다.

조이스는 어릴 적 성 요셉 성당에서 세례를 받으면서부터 줄곧 가톨릭 교의의 영향을 받으며 자라났다. 그러던 그가 신앙심을 잃게 된 것은 일면 아버지의 반종교적 신념 때문이었다. 아버지가 들려준 파넬에 관한 이야기는 성직자들의 권위와 위선 그리고 그것에 굴종하는 사람들에 대해 반감을 품게 하는 단초가 된다. 『젊은 예술가의 초상』에서 조이스는 파넬을 실각하게 하고 결국 죽음으로 내몬 가톨릭교회와 규율 그리고 그러한 것에 맹목적으로 고립되어 있는 가톨릭교도들에 관해 부정적으로 다룬다. 조이스는 당시 아일랜드 국민들에 대한 로마 가톨릭교회의 억압을 영국 제국주의자들의 그것과 동일한 것으로 보았다. 아일랜드는 1922년에 독립하지만 조이스는 작품의 배경을 그 이전으로 한정하고 영국의 제국주의와 가톨릭교회의 억압을 이야기한다. 그는 정치적으로는 영국이, 종교적으로는 로마 가톨릭교회가 더블린 사람들의 의식을 마비시키는 기제라 생각한다.

가톨리시즘에 대한 조이스의 반발은 사춘기를 겪으면서 일어난 성적 욕망에 기인한 것이기도 하다. 스태니슬로스에 따르면, 조이스는 성적으로 매우 조숙했고 이른 시기에 홍등가를 찾아가 육체적인 경험을 하게 된다. 그는 이때의 경험을 『젊은 예술가의 초상』에 옮겨 놓고 있는데, 작품에서 스티븐은 억제하기 힘든 성적 욕망으로 고통을 겪는다. 성적인 욕망을 충족하고픈 스티븐의 의식은 그러한 욕망을 죄악시하는 예수회 신부들의 교육으로 인해 극심한 고통을 겪게 된다. 가톨릭의 교육은 그에게 성에 대한 공포심을 끊임없이 자극하는데, 그는 그러한 죄의식으로부터 벗어나기 위해 묵상과 고해성사를 반복한다. 하지만 한번 흔들린 신앙심은 걷잡을 수 없게 되고 육체적인 욕망 또한 사그라들지 않는다. 조이스에게 성적 욕망은 인간의 자연스러운 본능이었고, 그러한 본능에 따르는 것 또한 자연스러운 행위였다. 그러므로 그는 자연스러운 욕망을 철저하게 배척하는 가톨릭교회를 떠날 수밖에 없었다.

역사적으로 볼 때 성과 관련된 흠 없는 도덕성은 본질적으로 아일랜드 가톨릭교회의 성격은 아니었다. 하지만 『젊은 예술가의 초상』에서 알 수 있듯이, 청교도적인 정신이 아일랜드 가톨릭교회에도 스며들게 된 것이다. 스티븐이 피정 기간에 들었던 지옥과 천벌에 관한 아널 신부의 설교는 18세기 미국 청교도들을 대상으로 한 조나단 에드워즈의 지옥 불에 관한 설교를 연상케 한다. 이에 스티븐은 인간의 타고난 성적 본능을 과도하게 억압하는 가톨리시즘에 대해 반감을 가지게 된다. 따라서 이 작품에서는 가톨리시즘에서 벗어나 그것과의 단절을 시도하는 스티븐의 모습이 반복되고 있다. 욕망의 충족을 개성의 자유로 보는 스티븐은 섹스를 통해 교회에 대한 반감을 표출한다. 그 결과 작품은 신앙심이 굳건했던 한 젊은이가 개성의 자유를 위협하는 종교적인 제도로부터 이탈해 가는 과정에 관한 이야기가 된다.

『젊은 예술가의 초상』은 주인공의 교육이나 의식의 성장을 다루는 교양 소설이기도 하고 예술가가 되기까지의 여정을 다루는 예술가 소설이기도 하다. 조이스는 종교를 대신해 예술가로서의 길을 자신의 소명으로 여기는데, 그에게 종교는 예술적인 자율성을 억압하는 구속이 된다. 조이스에게 신앙심은 완전히 소진된 것은 아닐지라도 가톨리시즘에 대한 그의 의구심은 결국 회복이 불가능한 상태에까지 이르게 된다. 그는 글을 쓰기 시작했고, 이제 문학이라는 예술은 그의 삶에서 종교의 자리를 대신하게 되었다. 그는 인생에서의 경험을 종교적인 성취보다 우위에 두면서 가톨릭교회로부터 점차 멀어지게 된다. 이렇게 해서 조이스는 사제로서의 길을 포기하게 되는데, 이는 가톨릭교의 신앙심을 거부하는 스티븐의 모습으로 재현되고 있다.

3. 파넬의 그림자와 조국으로부터의 탈출

조이스가 아직 어린아이였을 때, 아일랜드에는 파넬의 몰락이라는 정치적인 위기가 있었고, 그것이 회복되는 데 오랜 시간이 걸렸다. 『젊은 예술가의 초상』에는 이 같은 분위기가 잘 반영되어 있다. 파넬의 운명과 몰락은 조이스에게 아일랜드의 현실을 깨닫게 해 주었고, 그때부터 파넬은 조이스의 영웅으로 남게 된다. 파넬이 정치적인 영향력을 행사하고 있을 때 조이스는 가족의 사랑을 듬뿍 받던 아이였는데, 이 시기에 집안은 경제적으로나 종교적인 신앙으로나 비교적 안정되어 있었다. 파넬의 죽음 후 가정 경제는 급격한 위기를 맞게 되는데, 조이스는 과거 자기 집의 부유함이 파넬에게서 비롯된 것이라는 이유로 그를 영웅시하였고, 자신을 그와 동일시하기도 하였다. 그는 돌란 신부의 부당한 체벌을 말하기 위해 교장 선생님에게 가는 순간 자기 자신을 파넬과 같은 역사적인 인물로 생각한다.

　역사를 봐도 누군가 그러한 일을 한 적이 있었어. 어떤 위대
　한 분이었는데, 그의 얼굴이 역사책마다 나오곤 했지.

　찰스 스튜어트 파넬은 1846년 6월 27일 아일랜드 위클로우 주 아본데일에서 태어났다. 그는 미국인 어머니와 부유한 아일랜드의 대지주인 아버지 사이에서 7남매 중 셋째로 태어났는데, 이 시기는 감자 대기근으로 인해 아일랜드 역사상 가장 큰 시련기였다. 그는 사립학교를 다녔고 영국 케임브리지 대학교에서 공부했으며 1875년에 의원으로 선출되었다. 그는 신교도였으며 가톨릭교도인 농민들과는 처지도 다르고 공감대도 없었다. 하지만 의원이 되면서 그는 아일랜드의 자치권을 주장하였고, 마이클 대빗과 함께 가톨릭 토지연맹을 창설하였다. 그들의 목적은 토지를 균등하게 다시 분배하는 것이었다. 얼마 안 있어 파넬은 중도 및 급진적인 성향의 민족주의자들을 폭넓게 아우르는 지도

자가 된다. 그는 부유한 지주 계급 출신인 자기에게는 손해인 '아일랜드 자치법안Home Rule'을 통과시키려 했다.

당시 아일랜드에서 토지를 많이 소유한 지주들은 감자 대기근으로 인해 자신들의 농장에서 소작인들을 쫓아내기 시작했는데, 파넬은 아일랜드 전역에서 지주들을 향한 보이콧을 이끌었다. 이러한 전략 때문에, 소작인들을 내쫓은 지주들은 더 이상 농작물을 수확할 일꾼들을 고용할 수가 없었다. 의회는 파넬을 굴복시키기 위해 그에 상응하는 법안을 통과시켰지만, 이에 맞서 그는 하원에서의 일 처리를 지연시켰다. 이 때문에 그는 투옥되었지만, 영국의 정치가들은 더 큰 혼란을 우려해 곧 그를 석방했다. 1882년에 아일랜드 자치법안이 통과를 앞두고 있을 때, 아일랜드의 재무장관인 캐번디시Cavendish와 그의 비서가 비밀 단체의 회원에 의해 살해당하는 사건이 발생한다. 이때 파넬은 공식적으로 살해자들을 비난했음에도 런던 『타임즈』는 그를 배후 인물로 지목하고 비난하였다. 신문엔 그가 살해를 용인했다는 내용을 담은 편지가 실렸으나, 조사 결과 그것은 조작된 것이었다. 이 사건으로 파넬의 명성은 오히려 더 높아

지게 된다.

그러던 중 파넬의 명성은 물론 아일랜드 자치법안의 위상까지도 훼손되는 사건이 발생한다. 윌리엄 오셰이의 부인이었던 키티가 파넬의 정부였다는 사실이 알려지게 된 것이다. 오셰이는 그 일을 이미 오래전부터 알고 있으면서도 묵인해 오고 있었으나 이혼에 관한 법적 문제에서 우위를 점하고 싶어 했다. 법정에서의 심문으로 두 사람의 관계가 낱낱이 밝혀지자 파넬은 큰 비난을 받게 되었다. 무엇보다 그는 간음을 했다는 죄목으로 가톨릭교회로부터 엄청난 비난을 받았고, 급격하게 정치력의 쇠퇴를 맞게 된다. 그는 토지연맹의 기금을 착복해서 키티에게 썼다는 음모에 휘말려들면서 정당으로부터 제명을 당하는 수모를 겪는다. 이때 그를 몰아내는 데 결정적인 역할을 한 인물은 그의 동료였던 마이클 대빗이었다. 정치적인 실각 후 파넬은 이혼 절차를 마친 키티와 결혼하지만, 얼마 지나지 않아 곧 죽음을 맞게 된다. 1891년 10월 6일 영국의 브라이튼에서 그는 죽음을 맞았고, 아일랜드로 옮겨져 글래스네빈 묘지에 묻혔다.

파넬의 죽음은 그를 미워하는 사람들에게도 커다란 충격이었는데, 생전에 그를 비난했던 『타임즈』도 그가 "금세기 최고의 정치가"였다는 칭송의 사설을 실었다. 결국 파넬은 죽음으로써 아일랜드에서 영웅이 되었다. 그는 조국의 독립을 이끈 '무관의 왕uncrowned king'으로 명명되었고, W. B. 예이츠를 비롯한 아일랜드의 많은 작가들에 의해 신화적 인물로 격상되기에 이른다. 파넬의 몰락은 어린 조이스에게 집안의 경제적 하락과 맞물려 큰 의미가 된다. 조이스에게 파넬은 신화적인 존재가 되고, 그는 불과 아홉 살 무렵에 쓴 「힐리, 너마저Et tu, Healy」라는 시에서 파넬을 추모한다. 이 시는 그가 브래이에 살던 시절 크리스마스 만찬 도중 파넬을 대상으로 한 어른들의 심각한 논쟁을 경험한 후 쓴 것이었다. 그는 이 시를 친구들에게 나눠 주었는데, 주된 내용은 파넬을 몰락시킨 사람들을 비난하는 것이었다.

『젊은 예술가의 초상』에서 조이스는 파넬의 문제를 다시 한 번 다룬다. 작품에서는 간음을 한 파넬이 아일랜드를 이끄는 지도자로서 적합하냐는 문제로 스티븐의 아버지와 케이시가 한편이 되어 파넬을 혐오하는 단티 아주머니와 격

렬하게 싸우는 것으로 그려진다. 어른들의 싸움에 겁에 질려 있던 스티븐이 숙이고 있던 고개를 들었을 때 그는 아버지의 눈에 고인 눈물을 보게 된다. 아버지의 눈물은 스티븐에게 다른 시각에서 세상을 보게 만드는 동기가 된다. 파넬을 두고 벌인 가족의 논쟁은 그에게 당시 아일랜드에서 종교적인 문제가 얼마나 중요했는지와 또 그것이 정치적인 상황과 얼마나 긴밀했는가를 인식하게 하는 계기가 된다. 이렇게 해서 그는 아일랜드의 정치와 역사를 의식하면서 성장하고 아일랜드의 정치적인 현실과 아일랜드 자치법안이 국민들에게 어떤 의미를 지니는지를 인식하기 시작한다. 그런데 이때의 논쟁은 제5장에서 스티븐이 가톨릭이라는 종교를 버리게 되는 주된 동기로 작용한다. 이는 가톨릭교가 아일랜드를 마비시켰고, 파넬을 파멸로 몰아갔으며 자신의 자유까지도 억압할 거라고 생각한 스티븐의 위기감에 기인한 것이다.

『젊은 예술가의 초상』의 제2장에서부터 제4장까지는 성과 죄의식에 관한 문제만 다룰 뿐 정치적인 논의는 거의 없다. 종교를 거부하면서부터 스티븐은 아일랜드의 역사 속에서 자신의 위치를 찾고자 한다. 하지만 그는 정치적인 토론을 달가워하지 않았으며, 정치적인 모임에도 나가지 않은 것으로 보아 그의 정치적인 신념을 정확히 알기 어렵다. 그러나 그는 데이빈과의 대화에서 아일랜드의 정치 현실을 배신과 배반으로 단정하며 아일랜드의 정치 상황을 "제 새끼를 잡아먹는 늙은 암퇘지"에 비유하기도 한다. 그는 파넬이 자기 나라로부터 철저하게 배신당했다고 비판하면서 그를 비난한 가톨릭교도들의 마비된 의식을 탓한다. 결국, 그는 예술가에게 중요한 상상력의 자유를 보장받는 방법이 가톨릭교로 인해 마비된 아일랜드라는 공간을 벗어나는 것임을 절감한다.

7장
물과 여성의 상관성

1. 물의 역할

『젊은 예술가의 초상』에서는 물과 여성이 상관관계를 이루며 반복되어 나타나는데, 물과 여성에 관련된 신화는 언제나 예술가들의 상상력을 부추겨 왔다. 신화에는 물거품에서 태어난 비너스, 호수에 비친 자신을 사랑한 에코, 오디세이를 유혹하는 사이렌 외에도 물과 관련된 수많은 요정들의 이야기가 있다. 19세기의 라파엘 전파 예술가들도 물과 여성들의 신화적인 이야기에 매혹되었고, 20세기 모더니즘 문학가들도 물과 여성에 관련된 초자연적인 신화에

깊이 매료되어 있었다. 모더니즘을 대표하는 조이스 역시 물과 여성의 이미지를 작품에 활용하고 있다. 그중 활용도가 특히 높은 작품은 『젊은 예술가의 초상』이라 할 수 있는데, 예술가가 되려는 과정에서 물에 대한 부정적인 이미지의 두려움을 극복하고 긍정적인 이미지로 선용하고 있다는 데 의미가 있다.

　스티븐 데덜러스는 처음 물을 부정적인 경험과 관련지어 회피하고 싶은 대상으로 생각한다. 제1장에서 그는 물을 "시궁창 도랑의 차갑고 끈적끈적한 물", "구멍을 통해 내려가는 세면대의 더러운 물", "코르텐 천과 토탄 냄새와 어우러진 빗물", "토탄 빛의 땟물"처럼 다소 부정적인 것으로 인식한다. 그 이전에도 그는 "오줌을 싸서 잠자리가 젖으면 처음엔 따듯하지만 이내 차가워진다"처럼 물을 더럽고 불쾌감을 주는 것과 연결시킨다. 청년이 되어서도 그는 바다를 보면서 "차갑고 비인간적인 냄새"가 나는 것으로 회피하는 모습을 보이는데, 이와 같이 물에 대해 느끼는 스티븐의 좋지 않은 인상과 두려움은 『율리시스』의 전반부에서도 확인된다. 이 작품에서 스티븐은 어머니의 죽음에 죄책감을 느끼는데, 그러한 죄책감은 익사에 대한 두려움으로 나타 난다. 친구인 멀리건Buck Mulligan이 "거대하고 달콤한 어머니" 라고 말하는 바로 그 바다는 스티븐에겐 어머니가 죽어 가 면서 내뱉은 "푸르죽죽하고 묽은 가래침"을 상기시킨다. 스 티븐은 자기가 위독한 어머니의 청을 들어주지 않았기 때 문에 그에 대한 보복으로 그녀가 자신을 물속에 빠뜨리려 한다는 처벌의 이미지로 물을 생각하기도 한다. 그는 물에 빠지면 허우적거리다 죽을 수도 있다는 두려움에 떨며 세 면대 물을 보면서조차 얼굴을 담그면 아무것도 보지 못할 것이라고 두려워한다. 이러한 두려움으로 인해 그는 "나는 어머니를 구할 수 없었어. 물. 쓰라린 죽음. 모든 것을 잃었 다"고 아쉬움과 죄의식을 표현한다. 그는 해변을 거닐면서 도 바다에 빠져 익사한 이카루스의 운명을 떠올리며 불안 해 한다.

하지만 『젊은 예술가의 초상』 제4장의 마지막 부분에 오 면 물에 대해 느끼는 스티븐의 두려움이나 부정적인 인식 이 점차 긍정적으로 바뀐다. 스티븐은 해변을 걷다 물속에 서 흥겹게 노는 아이들의 모습을 보자 물에 대한 두려움을 잠시 잊는다. 그러다 그는 "인간의 아름다움과 젊음을 지닌 천사"처럼 보이는 새 소녀를 만나면서 물에 대한 두려움을 완전히 떨쳐 버린다. 『더블린 사람들』의 「에블린*Eveline*」에서 에블린이 바다에 대한 두려움으로 승선을 포기하거나 「진흙*Clay*」에서 물과 친숙하지 않은 마리아가 고독한 삶에 체념한다면, 스티븐은 "물 흐름 한가운데서 바다를 응시하며 홀로 서 있는 소녀"를 통해 자유를 향한 비상을 결심하게 된다. 이보다 앞서 그는 여성에 대한 성적인 욕망을 추잡한 조수의 이미지로 생각한 적이 있었다. 그는 그러한 욕망을 자아를 허물어뜨리는 강력한 조수로 단정하고 그것을 막고자 했다. 하지만 그는 그것이 불가능하며, 그럴 필요도 없음을 깨닫는다.

얼마나 어리석은 계획이었던가! 그는 외부 세계의 추잡한 조수에 맞서 질서와 품위라는 방파제를 쌓으려 했고, 행위와 능동적 관심, 그리고 부모와의 새로운 관계라는 규범을 수립함으로써 자기 내부에서 강력하게 재순환된 조수에 대비하여 댐을 구축해 보려고 애를 썼다. 하지만 소용이 없었다. 내부에서처럼 외부로부터 쏟아져 온 물은 그의 장벽을 넘쳐흘렀다. 그들의 조수는 무너진 둑을 넘어 다시 한 번 사납게 흘러들기 시작했다.

스티븐은 매춘부와 관계를 맺고 자신을 비난하지만, 결국 그것도 성장과정에서의 어쩔 수 없는 행위였음을 인정하기에 이른다. 만약 그가 이카루스의 운명을 타고났다면, 그는 성욕이라는 욕망의 바다로 추락할 위험을 감수해야 하는 것이다. 그는 세상에는 죄의 길로 빠지는 함정이 있지만, 기꺼이 빠져서 직접 경험해 보리라 결심한다. 여기서 함정이란 성적인 욕망을 의미하는 것인데, 그는 그러한 "함정에 빠지지 않기란 너무나도 힘들고 어려운 일"이라는 것을 잘 알고 있다. 그런데 이카루스의 추락과 스티븐의 성적인 타락은 영어로 "fall"이라는 공통점이 있다. 스티븐은 그것이 비록 나락으로 떨어지는 것일망정 성장을 꿈꾸는 예술가로서는 욕망이 이끄는 무질서한 삶에 직면할 필요성을 인식한다.

이렇게 해서 스티븐은 비록 잘못을 하고 타락할지언정 예술가로서 더 높이 비상할 수 있고 보다 더 숭고한 단계로 나갈 수 있다면 그러한 삶을 살겠노라고 다짐한다. 실제로 그는 무질서한 삶을 경험한 후에 예술가가 갖추어야 할 지고한 초연함에 관한 이론을 정립하게 되고 그러한 이론에 근거한 시도 한 편 쓸 수 있게 된다. 그가 완성한 전원시 Villanelle를 보면 매춘부의 품이 어떻게 생리적인 쾌감을 만족시켜 주는 어머니의 품이나 자궁의 공간을 연상시키는지를 알 수 있다. 스티븐에게 매춘부의 품은 생명을 지닌 물의 공간이다. 그는 시행의 단어 하나하나가 정체되어 있는 것이 아니라 물처럼 유동적으로 마음속에 흘러들어 와 영감을 주는 것으로 느낀다. 다시 말해 그는 "공간 속에 감도는 증기나 구름처럼, 신비한 요소의 상징인 언어라는 유동적 글자들이, 글자 그대로 혹은 은유적으로 그의 두뇌에 넘쳐흘러 들고"있음을 알게 된다. 그는 자신의 영혼이 물속에 놓여 있기라도 한 것처럼 아늑하고 감미로운 상태에 빠진다. 이렇게 되자 부정적인 인식의 대상이었던 물은 "이슬처럼 감미로운 더 없이 맑은 물"이라는 긍정적인 대상으로 바뀌게 된다.

이를 통해 본다면, 앞서 「에블린」과 「진흙」의 두 여성들이 물과 친숙하지 않고 그것이 상징하는 자유로운 공간을 포기하기에 이른 반면, 『젊은 예술가의 초상』에서의 스티븐은 물과의 친교를 통해 비상이라는 자유를 성취한다고 볼 수 있다. 결국 이 작품에서는 순수한 해변의 새 소녀나 불결한 홍등가의 매춘부 모두 물의 이미지와 결부되면서 스티븐으로 하여금 예술가로서의 에피파니를 경험하도록 이끄는 주체가 된다.

2. 여성의 역할

『젊은 예술가의 초상』이 예술가로 성장해 가는 한 젊은이를 그리고 있는 일종의 성장 소설임을 감안한다면, 수습 예술가인 스티븐이 성장과정에서 만나게 되는 여성들의 영향과 그들이 발휘하는 역할은 매우 중요하다. 스티븐은 자신의 예술이 "삶으로부터 삶을 재창조"하는 것이고, "경험의 현실에 백만 번이고 부딪쳐 그것을 벼리는" 것임을 알고 있다. 이는 그가 창의력을 키우는 데 경험이 필요하기 때문에 예술가로서의 길을 가기 위해서는 삶과 그것을 구성하는

갖가지 경험들을 포용해야 함을 인식하고 있다는 말이다. 이런 관점에서, 제목이 암시하는바 '젊은 예술가의 초상'은 바로 삶의 여러 가지 경험들을 수집하는 과정이라고 할 수 있는데, 그러한 과정에서 여성들의 역할은 결정적이다.

작품에서 여성들은 스티븐의 관점에서 묘사되고 있는데, 처음 몇 페이지만 보더라도 여성들이 특별한 역할을 하리라는 것은 자명하다. 그들은 여동생이나 어머니 그리고 매춘부가 되기도 하고 성모 마리아와 같은 이상화된 존재로서의 역할도 한다. 먼저 단티 아주머니는 스티븐에게 외부 세계를 인식시켜 주는 주체이다. 스티븐은 그녀를 통해서 물리적인 세계를 이해하게 되며 우주에서 자신의 위치를 규정할 수 있게 된다. 그녀는 스티븐에게 모잠비크 해협이 어디에 있고 미국에서 가장 긴 강이 무엇이고 달에서 가장 높은 산의 이름이 무엇인지에 관한 지리학적인 지식을 알려 준다. 그녀는 스티븐에게 사과를 하지 않으면 "독수리가 와서 눈알을 뺄 것"이라는 위협을 가하지만, 바로 그러한 사건으로 인해 스티븐은 '잘못을 빌어apologize'와 '눈eyes'의 공통된 '아이즈[-aiz]'라는 운율을 이용해서 시를 쓰게 된다.

눈알을 뺄 테다

잘못을 빌어

잘못을 빌어

눈알을 뺄 테다

잘못을 빌어

눈알을 뺄 테다

눈알을 뺄 테다

잘못을 빌어

Pull out his eyes,

Apologize,

Apologize,

Pull out his eyes.

Apologize,

Pull out his eyes,

Pull out his eyes,

Apologize.

이처럼 단티 아주머니는 스티븐의 마음속에 시어를 구상하도록 이끌며 그의 창의력을 끄집어내는 역할을 한다. 그에게 처음으로 이성을 눈뜨게 하는 에일린도 창의력 형성에 영향을 준다. 그녀는 스티븐에게 최초로 이성과의 관계에서 육체적인 욕구를 인식시켜 주는 대상이다. "그녀는 여성이기 때문에 길고 가늘고 차가운 흰 손을 가졌다"라는 스티븐의 말에는 성차에 대한 인식이 담겨 있다. 에머 역시 스티븐의 성적인 욕망을 자극하는데, 이 또한 그의 잠재적 창의력과 창작력을 일깨워 준다. 스티븐은 그녀를 통해 이성에 대한 육체적인 욕구를 관념적인 사랑으로 승화시키는 경험을 하게 된다. 그는 키스를 원하면서도 하지 못했고 아쉬움에 시를 짓는다. 이렇듯 그녀는 시를 통해서 이미지로서 재창조된다고 할 수 있는데, 이렇게 해서 완성된 시는 결국 좌절된 욕망을 보상하기 위한 미학적인 등가물이라 할 수 있다.

메르세디스 또한 스티븐의 성적 열망을 창의력으로 대치하도록 이끄는 여성이다. 그녀는 비록 소설 속의 가공적 인물이지만 바로 그러한 이유 때문에 물리적인 차원을 넘어 상상력을 촉발할 수 있는 것이다. 그녀는 여성적인 매력과 이미지로 그에게 영감을 불어넣는다. 무엇보다 그녀는 육체적인 욕망을 상상 속에서 충족할 수 있다는 점을 일깨워 준다는 측면에서 중요하다. 스티븐은 여성과 직접적인 관계가 없어도 창의적인 교감이 가능하다고 느끼는데, 이러한 여성 인식의 변화는 작가가 되는 과정에서 의미 있는 부분이다. 하지만 여성들은 영감을 주는 것에 그치지 않고 의식의 변모를 일으키기도 한다. 여성들은 삶과 예술의 중재자이자 그의 상상적인 창의력을 완성시키는 데 기여한다. 이렇듯 그는 새로운 차원에서의 여성들과의 관계를 통해 예술가로 성장하는 데 필요한 경험을 쌓게 된다.

어린 시절 스티븐은 어머니와 키스를 한다는 것에 함축되어 있는 성적인 의미에 두려움을 느꼈던 적이 있다. 하지만 여성은 궁극적으로 그가 경험해야 하는 대상이다. 그는 여성과 육체적인 관계가 이루어지면 그동안의 연약함과 무경험에서 벗어날 것임을 예감한다. 즉 성적인 관계를 통해 필요한 경험을 배울 수 있으리라는 확신을 얻는다. 그러므로 그는 수동적이기는 하지만 매춘부와의 관계를 받아들인다.

그가 방 한가운데 가만히 서 있자 그녀는 그에게 와서 유쾌
하면서도 진지하게 그를 안았다. 그녀의 둥근 팔은 그의 팔
을 들어 그녀를 감싸게 했으며, 그는 아주 침착하게 자신을
바라보고 있는 그녀의 얼굴을 보며 그녀의 가슴이 따뜻하면
서도 차분히 오르내리고 있는 것을 느끼자 갑자기 감정에 복
받쳐 눈물을 터뜨릴 뻔했다. 그의 환희에 찬 두 눈엔 기쁨과
안도의 눈물이 반짝이고 있었고 말은 하지 않았지만 입술은
벌어져 있었다 … 그녀의 품 안에서 그는 갑자기 강해지고
두려움이 사라지고 자신감이 솟아나는 것을 느꼈다.

스티븐에게 여성은 죄의식을 느끼게 하지만 동시에 영감
의 원천이기도 하다. 스티븐은 이름에서 알 수 있듯 다이달
로스를 연상시키는데, 그렇다면 그가 관계를 맺는 매춘부
는 미노스 왕의 아내인 파시파에가 된다. 다이달로스가 그
녀를 위해 만들어 준 암소 모양의 기구는 그의 창의력이 자
유롭게 발휘된 것이다. 스티븐의 경우도 파시파에로 대변

되는 매춘부와의 경험을 통해서 상상력의 자유를 만끽하는 예술가로서의 가능성을 엿본다. 그는 그녀와의 섹스를 통해서 자신의 나약한 기질과 소심함을 떨쳐 버리게 되며 욕망으로부터 자유로워진다.

그렇지만 스티븐은 매춘부와의 관계 후 가톨릭 교의에 따른 죄의식에 시달리게 되는데, 이 또한 작가로 성숙해 가는 과정에서 극복해야 하는 시련이자 경험이다. 그는 자신의 죄를 고백하기로 결심한 후 성욕에 대한 생각을 모두 버리고 순수해지려고 한다. 그리고 비록 짧은 시간이지만 경건한 삶을 이어 간다. 지옥에 떨어진다는 위협으로부터 벗어나기 위해 그는 정신과 육체 모두를 깨끗하게 정화하고자 한다. 그는 성모 마리아의 도움을 받는다면 육체적인 욕망을 전혀 느끼지 않았던 어린 시절의 순수한 상태로 되돌아갈 수 있을 것이라 믿는다. 스티븐은 성모의 눈이 온화한 연민으로 자기를 바라보고 있다는 느낌을 받는데, 이 순간 그는 죄악에서 벗어나 그녀를 따르는 기사가 되기를 소망한나. 하지만 결국 성모 마리아의 이미지도 성적인 상상력을 없애지는 못한다. 그는 해변의 소녀에게서 성모의 신성을 보지만 그와 동시에 세속적인 욕망의 자극을 받는다. 실제로 스티븐의 예술적 창의력 형성에 조력하는 여성의 역할이 가장 두드러지는 부분이 해변의 새를 닮은 소녀가 등장하는 곳이다.

스티븐은 그녀가 얼마나 아름다운가를 인식하는 순간 종교적인 현시를 경험하는데, 이는 그가 그녀의 모습에서 성모 마리아와 같은 이미지를 보면서 "천국의 하느님", "신성한", "천사"와 같은 단어를 사용하는 데서 알 수 있다. 하지만 그녀는 세속적인 측면이 더 강하다. 실제로 그녀는 스티븐이 어린 시절 결혼하고 싶어 했던 에일린이나 트램 계단에서 사랑의 말을 기다리며 서 있던 'E. C.Emma Clery' 그리고 이미지만으로도 그의 욕망을 충족해 준 메르세디스나 섹스의 대상이었던 매춘부의 계보를 잇는 여성이라 할 수 있다. 해변의 소녀는 이처럼 신성과 세속이라는 양극화된 이미지로 표현되고 있는데, 그녀는 세속적인 모습이지만 성스러움에 못지않은 아름다움을 지니고 있고, 그녀에게서 드러나는 신비는 예술적인 영감을 불어넣는 역할을 한다. 그녀와의 만남을 기점으로 스티븐은 비로소 자신을 구속하는 조국, 종교, 그리고 가정을 떠나 예술가로서의 새로운 삶을 시작하게 된다. 이처럼 그가 새 소녀를 만나는 장면은 상징성이 짙다. 스티븐은 "그녀의 길고 매끈한 다리는 학의 다리처럼 섬세하다"고 표현하는데, 조이스는 이 문구를 통해 여성의 육감적인 자태뿐만 아니라 여성들만이 줄 수 있는 섬세함과 아름다움을 강조하고 있다. 스티븐은 학의 다리를 한 그녀의 모습을 보고 인간의 아름다움을 그리는 예술가의 길을 가겠다고 결심한다. 이처럼 스티븐에게 여성들은 예술로 변화되고 제련되는 원초적인 경험을 제공해 준다. 소설 말미에 이르러, 스티븐은 전원시를 짓는다. 여성에 의해 영감을 받아 짓게 된 이 시는 이후 본격적으로 예술성 있는 시를 쓰도록 하는 영감으로 작용한다. 이처럼 작품에 나타나는 여성들은 스티븐이 예술가가 되기 위해 투쟁하는 단계에서 극적인 역할을 담당한다. 스티븐이 정신적으로 발전하고 시적인 영감을 받는 과정에서 여성들의 이미지는 결정적이라 할 수 있다.

8장
예술이론

1. 조이스와 에피파니

에피파니는 모더니스트 작가인 조이스의 위상을 강화시키는 개념이다. 조이스는 1900년에서 1903년 사이부터 흥미 있는 장면이나 사건을 모아 기록하고 있는데, 그는 이렇게 모은 에피파니를 자전적 소설인 『젊은 예술가의 초상』에서 예술 행위의 핵심적인 개념으로 사용한다. 에피파니는 희랍어로 '현현', '계시', '본질이 드러남'을 의미하지만, 본래 그 기원은 가톨릭의 예배와 관련되어 있다. 즉, 가톨릭교에서는 동방 박사들이 베들레헴에서 탄생한 아기 예수를 보고 신성과 인성이 합쳐진 모습을 인식하는 그 숭고한 순간을 에피파니라고 부른다. 하지만 조이스는 에피파니를 종교적인 의미에서 벗어나 문학 형식의 원리로서 폭넓게 사용하고 있다.

조이스는 에피파니의 개념을 『영웅 스티븐』에서 처음으로 설명하는데, 그것은 사소한 말투나 몸짓 혹은 기억될 만한 인상이 어느 순간 특정인에게 정신적인 계시를 주는 것이라 할 수 있다. 그는 이 작품에서 자신의 페르소나인 스티븐의 입을 빌려 에피파니가 빠르게 사라져 버리는 순간적인 것임을 직감하고 그것을 면밀하게 기록해 놓는 것이 예술가의 의무라고 주장한다. 예술가는 자신이 원하는 것을 완벽하게 표현하기 위해서 한순간 "천박한 언어나 몸짓"에서조차 감지되는 에피파니를 활용할 필요가 있다. 조이스는 『젊은 예술가의 초상』에서 에피파니의 의미와 목적을 좀 더 명확하게 설명하는데, 여기서는 그것이 예술가의 마음속에서 작용하는 창의적 상상력으로 갈바니Galvani가 말하는 '심장의 황홀경the enchantment of the heart'이라는 개념과 유사하다.

조이스는 에피파니가 지극히 미세하고 순간적인 것이기 때문에 기록하는 데 주의를 기울일 필요성을 언급하는데, 그는 아무리 사소한 일이나 상황에서도 예술가는 감수성의 자극을 받을 수 있다는 점을 강조한다. 그런 점에서 그는 숭고한 것에서가 아닌 일상적이고 사소한 것, 그리고 천박한 것에서 에피파니를 찾는다. 이런 측면에서 보면, 조이스의 에피파니는 P. B. 셸리의 시에 관한 정의와 유사한 점이 있다. 셸리는 『시의 옹호』에서 "시란 지극히 행복한 순간을 기록하는 것이고, 마음을 한껏 고양하는 것"이라고 주장하는데, 이는 조이스가 말하는 에피파니와 다름없다. 조이스가 말하는 에피파니는 찰나의 형상을 포착해서 합리적으로 이해하거나 인식하는 것인데, 이는 언뜻 보였다 곧 사라지게 되는 셸리의 '사라져 가는 석탄불'의 이론과 유사하다. 하지만 조이스는 에피파니의 순간적인 인식에만 그치지 않고 그것이 이루어지는 순간까지의 단계나 과정을 중요시한다는 측면에서 셸리와는 차이가 있다.

그런데 조이스는 자신의 미학이론을 전개하고 그것의 핵심 개념인 에피파니를 작품에 적용하는 과정에서 완결된

해석을 내놓지 않는다. 그는 최종적인 해석을 유보하면서 독자들에게 해석의 여지를 남겨 놓는다. 이는 그의 에피파니가 완전한 언어와 설명이 아니라 인상적인 장면과 상황이며 그것의 체득이기 때문에, 그것에 대한 해석 또한 그들이 직접 경험해야 할 개개인의 인식이기 때문이다. 이는 작품을 읽는 과정에서 독자들 스스로가 에피파니를 인식함으로써 그것의 의미를 이해하도록 만드는 전략으로도 볼 수 있다. 그리고 이 같은 전략이 가능한 이유는 조이스가 에피파니라는 자기 이론을 작품에다 충실히 반영하고 있기 때문이다.

2. 에피파니 이론

1) 정 의

조이스는 비슷한 기법을 사용한 동시대의 다른 어떤 작가들보다도 에피파니를 더 의식적으로 사용했고 미학적인 효과를 극대화하려고 노력했다. 이를 위해 그는 하나둘 기록해 두었던 에피파니를 작품에 다양하게 활용했는데 『젊은 예술가의 초상』에 이르러서는 완전히 정제하여 사용했다. 그는 미를 인식하는 최종의 단계인 '광휘Radiance' 혹은 사물의 본질인 '실재Quidditas'를 에피파니와 동일한 개념으로 설정함으로써 그것을 예술 형식의 한 부분이 되도록 하고 있다. 그런데 이 작품에서 스티븐이 설명하는 에피파니 이론은 세 가지 주요한 미학이론, 혹은 미에 관한 세 가지 조건이 선행됨을 원칙으로 한다.

다시 말해, 스티븐을 통해 제시되는 이론은 아퀴나스가 주장한 전일성Integritas, 조화Consonantia, 그리고 명료성Claritas이라는 세 가지 철학적인 이론에 근거한 것이라고 할 수 있다. 따라서 조이스는 아퀴나스의 세 가지 미의 인식 단계를 차용해서 자신의 예술이론을 설명하고 있는 셈인데, 이를 풀이하면 첫 번째 전일성은 한 가지 사물의 미학적인 이미지를 나타내는 완성 혹은 전부라는 의미의 '전체Wholeness'이며, 두 번째 조화는 균형과 리듬감 있는 구조를 바탕으로 한 사물의 복잡다단한 각 요소들이 유기적인 조합을 이루는 '하모니Harmony'이고, 마지막으로 명료성은 완성과 조화를 바탕으로 그 사물이 제3의 놀라운 의미나 감흥을 생성하는

'광휘' 혹은 아퀴나스의 의미로는 사물의 본질인 '실재'를 뜻한다. 이 중 특히 미를 인식하는 세 번째 개념인 명료성 혹은 광휘가 바로 에피파니의 순간이나 에피파니 그 자체라고 할 수 있다.

『영웅 스티븐』에서 스티븐은 미에 대한 최종적인 단계를 아퀴나스의 명료성이라는 이론에서 종교적인 함축성을 배제하여 광휘라고 번역하는데, 이는 스콜라 철학에서 사물의 핵심을 뜻하는 사물의 본질과 동일한 개념이다. 이렇게 본다면, 스티븐이 말하는 광휘는 명료성과 사물의 본질이라는 두 개념을 예술이론에 맞춰 합성한 것으로 볼 수 있다. 다시 말해 이 말은 어떤 사물에서 예술적인 황홀감을 느끼는 순간이나 어떤 사물에 숨어 있던 기묘한 의미가 발현되는 순간을 예술적으로 재현하기 위해 차용한 용어로서 에피파니와 동일한 것이다.

물론 문학에서의 에피파니는 조이스 혼자만의 경험이나 독창적인 이론이라고는 할 수 없다. 도스토옙스키는 『백치』에서 당나귀의 울음소리를 에피파니로 이용했고, 카뮈 또한 『이방인』에서 군목의 기도를 중요한 에피파니의 기법으로 활용한다. 이들이 사용한 기법은 사소한 말투나 몸짓에서 갑자기 정신적인 계시를 받는 것이라는 조이스의 이론과 별반 차이가 없다. 하지만 조이스는 에피파니의 개념을 그 어떤 작가보다도 더 의식적이고 정교하게 사용한다. 이를테면 그는 에피파니를 진실이나 도덕성 등의 주제를 드러내기 위한 기법으로도 이용하며, 고립된 형태가 아닌 구체적이고 일관성 있는 형식으로 사용한다.

2) 과정

『젊은 예술가의 초상』의 각 장은 스티븐이 동급생이나 부모님 그리고 신부들과의 갈등과 대립에서 에피파니를 통해 의미를 성취해 가는 과정으로 완결된다. 그런데 여기서 가장 중요한 에피파니는 스티븐이 예술가로서의 삶을 결심하는 제4장이라고 할 수 있다. 그는 경쾌한 손풍금 곡조에 따라 네 명의 청년이 발을 맞춰 걸어가는 모습을 보는 순간 가톨릭의 사제가 자신의 운명이 아님을 인식한다. 그는 생명력 없는 교회에 맹목적으로 헌신하는 것은 무의미한 일이 될 것임을 에피파니라는 순간적인 인식으로 깨달게 된다.

　이것에 이어지는 에피파니는 예술가의 삶을 생각하면서 바닷가를 방랑하는 순간에 이루어진다. 이 순간 그에겐 바다와 하늘 그리고 언어가 주는 마력이 깨달음의 원천으로 작용한다. 물놀이를 하고 있던 아이들의 외침은 스티븐 데 덜러스라는 자신의 이름을 상기시키는 대위법적 음률을 형성한다. 스티븐은 "스테파노스 데딜러스!"라고 들리는 그들의 외침에서 기독교의 순교자와 그리스 명장의 이름을 동시에 연상하면서 예술가로서 헌신하는 자신의 모습을 보게 된다. 이를 통해 그는 다이달로스가 날개라는 비상체를 만들었던 것처럼 자신도 그에 버금가는 작품을 창작할 수 있으리라고 예견한다. 이 순간 그는 자신이 직접 하늘로 솟아오르는 듯한 환희를 느끼는데, 이로써 그는 예술가의 길에 들어서는 영광을 경험하게 된다. 태양을 향한 비상은 그의 예술적 상상력의 정점이며 교회를 떠나 바깥세상에 관심을 가지는 예술가로서의 호기심이기도 하다. 이로써 그는 그동안 모호했던 자기 운명에 확신을 얻으며 자유로운 예술 활동을 위해 아일랜드를 떠나 유럽으로 갈 결심을 하게 된다.

그렇다! 그렇다! 그렇다! 그는 영혼의 자유와 힘을 통해 새롭고, 하늘로 솟구치며 아름다우면서 만질 수 없고 부서지지 않는 어떤 살아 있는 것을 창조할 것이다. 자신의 이름 속에 이미 그렇게 한 명장의 이름이 들어 있지 않은가.

이렇게 볼 때, '새롭고, 하늘로 솟구치고 아름다운 것', '만질 수 없고 부서지지 않는 어떤 살아 있는 것'이 조이스가 추구하는 예술 행위의 목적임은 논란의 여지가 없다. 이 같은 미학적 이상은 해변에서 신비하고 아름다운, 바다 새를 닮은 소녀의 모습을 보는 순간 구체화된다. 부드러운 물의 흐름에 몸을 맡기고 서 있는 육감적인 모습은 스티븐으로 하여금 세속적이고 쾌락적인 것에서 성스러움과 신비로움의 조화를 보게 만든다. 이제 그는 종교에 얽매인 삶을 살아갈 것인가 자유로운 삶을 살아갈 것인가에 대한 갈등의 기로에 서게 된다. 이 장면은 바로 스티븐 데딜러스라는 신화적인 이름이 상징하듯 그가 예술가로서의 결심을 굳히게 만드는 극적인 에피파니가 된다.

탱탱한 탄력의 상아처럼 부드러운 빛을 내는 그녀의 허벅지는 거의 엉덩이까지 드러나서 속옷의 하얀 깃 장식은 부드러운 흰 깃털처럼 보였다. 그녀의 청회색 치마는 허리춤까지 대담하게 치켜져 있었고 뒤쪽은 비둘기의 꼬리와 같은 모습이었다. 그녀의 젖가슴은 새처럼 부드럽고 가냘프고, 검은 깃털의 비둘기 가슴처럼 가냘프고 또 부드러웠다. 그러나 그녀의 긴 머리칼은 소녀다웠다.

여기서 해변의 소녀는 욕망을 억제하는 성모이자 욕망을 불러일으키는 요부와 같이 양극화된 모습으로 비쳐진다. 상아처럼 부드러운 빛의 살결과 청회색 옷을 입은 모습은 분명히 가톨릭의 성모를 연상시키지만, 긴 머리칼에 엉덩이까지 치마를 걷어 올린 모습은 단연코 육체적인 아름다움을 지닌 여인의 모습이다. 특히 새 소녀의 허벅지가 상앗빛이라는 말은 성스러운 면과 세속적인 면이 혼합된 상태를 의미한다. 하지만 소녀는 종교적인 아름다움을 대표한다기보다는 선정적이며 감각적인 아름다움의 이미지가 강하다. 해변의 소녀가 새의 이미지로 나타나는 사실은 명장인 다이달로스의 날개와 탈출을 연상시키고 있어 예술적인 상상력의 구현으로 볼 수 있다. 스티븐이 그녀의 모습에서 순간적으로 떠올리는 것은 욕망을 억제하고 희생하는 종교의 사제가 될 것인가 인간의 아름다움을 찬미하는 자유로운 예술가가 될 것인가에 관한 것이다.

마침내 스티븐은 해변의 소녀를 통해 에피파니를 경험하고 예술가가 되기 위해 아일랜드를 떠나기로 결심한다. 이로써 그녀는 생명을 주는 특사로서 그에게 사제직을 포기하고 예술가로서의 삶을 살도록 이끄는 역할을 완수한다. 이렇듯 이 부분은 『젊은 예술가의 초상』에서 가장 극적인 장면이 된다. 물가에 서 있는 그녀의 모습에서 스티븐은 정적인 상태에 이르게 되는데, 이때는 그의 인생에서 가장 중요한 순간이다.

3) 역 할

비록 새 소녀와의 만남이 절대적이거나 초월적인 인식에의 도달은 아니더라도 예술가로서 스티븐의 새로운 출발은 그녀를 통한 에피파니로부터 시작된다. 그는 해변의 소녀를 만나기 전까지만 하더라도 혼란스러운 마음이었다. 그러나 그녀와의 만남은 마음이 정리되는 계기가 된다. 조이스는 작품 초반에 아버지의 모습에서 독수리를 연상시켰던 것처럼 소녀의 모습에서도 새의 이미지를 연상케 한다. 하지만 지금의 새는 아버지의 모습처럼 두려움과 처벌의 상징이 아니라 인생의 비전을 알려 주는 예언의 비둘기이다. 조이스는 이처럼 새의 이미지를 반복하여 사용함으로써 작품의 일관성을 완성하는데, 스티븐은 이제 답답한 미로를 탈출해 태양을 향해 비상하는 다이달로스처럼 예술가로서의 비상을 꿈꾼다. 그리고 그는 두려움을 연상시키는 무서운 새의 이미지로부터 벗어난다.

새 소녀를 만난 후 스티븐에게 새의 이미지는 아름다움이며 해방이자 새로운 세계로의 출발을 의미한다. 이렇게 해서 그는 예술가로서의 부름에 응답한다. 그는 더 이상 운명에 굴복하고 경험을 수동적으로 받아들이는 사람이 아니라 운명의 개척자이며 능동적인 주체이다. 그런데 그가 갈등과 시련에서 벗어나 예술가의 길을 선택하는 것은 그간의 고독한 성찰이라는 소외에서 벗어나는 것이자 정신적인 성장이 이루어졌다는 것을 뜻한다.

전체 5개의 장으로 구성된 『젊은 예술가의 초상』은 각 장마다 심리적인 갈등이 나타나고 있는데, 각각의 갈등은 주인공의 마음속에서 에피파니가 이루어짐과 동시에 해소가 되거나 새로운 비전을 체득하게 되는 것으로 해결된다. 그리고 각각의 장에는 에일린, 메르세디스, 에머, 그리고 매춘부 등 여러 명의 여성들이 다양한 측면에서 스티븐의 성장에 기여를 한다. 그러다 제4장 마지막 부분에 나오는 새 소녀는 그에게 극적인 에피파니를 경험하게 만든다는 점에서 아퀴나스의 이론이 말하는 광휘와 같은 역할을 한다. 이로써 스티븐은 에피파니의 최종 단계인 전원시를 완성하게 되고 수습 예술가로서의 행보를 시작하게 된다.

4) 완 성

조이스는 어떤 사물을 볼 때 시각뿐만 아니라 촉각, 후각, 청가 등 모든 직관을 발현시켜 감각적인 세계를 포착하는 에피파니의 중요성을 인식하고 있었다. 이처럼 순간적인 감동에 이르게 하는 극적인 순간을 의미하는 에피파니는 두 종류의 현상으로 설명할 수 있다. 먼저 그것은 책이나 이야기 속에서 어떤 인물이 경험하게 되는 특정한 인식의 순간을 의미한다. 그다음으로 그것은 독자가 예술가의 작품을 읽을 때 느끼는 빛과 같은 계시의 순간을 의미한다. 에피파니가 동방 박사들이 아기 예수의 모습에서 육화한 하나님을 현시하는 순간의 깨달음에서 나온 것처럼, 그것은 일종의 '그리스도의 기적'과 같은 것이라고 말할 수 있다. 그러나 에피파니는 일상생활에서 일어나는 세속적인 기적이라고도 할 수 있는데, 조이스에게 그것은 인식자의 주관적인 의식이 눈앞에서 일어나는 실제의 상황과 정확하게 일치되는 순간을 의미한다. 그런데 에피파니는 인식하는 사람의 지성이나 정서와 맞닿아 있어 복잡한 것처럼 보이기도 한다. 하지만 에피파니를 체험하는 당사자에게는 아무리 정교한 이론이더라도 그것만으로는 다 설명할 수 없는 미 인식의 정점이다.

이처럼 스티븐에게 미 인식의 정점은 새 소녀를 만나면서 이루어지는데, 이 순간 바다와 하늘이 들려주는 언어와 그녀가 침묵한 채 눈빛으로 보내는 언어는 그에게 마법과도 같은 깨달음을 준다. 스티븐은 이곳까지 오는 도중 예술가로서의 자신의 소명을 희미하게나마 인식하고 있었다. 그는 자신의 이름을 부르는 아이들의 외침에서 이름 속에 담긴 예술가로서의 운명을 직감했다. 그는 또 새 소녀의 모습에서 성스러움보다 더 마음을 끄는 세속적인 아름다움을 보았고, 그러한 인간의 아름다움을 그리는 것이 자기가 갈 길임을 깨달았다. 그녀의 이미지는 성스러운 동시에 세속적이다. 하지만 그녀의 세속적인 면은 성스럽게 여겨지던 가톨릭의 사제가 되는 일을 무의미한 것으로 만든다. 이제 그는 자신을 억압했던 가톨릭교와 아일랜드 그리고 가족이라는 속박의 끈을 끊고 새로운 출발을 다짐한다. 그녀의 상앗빛 허벅지, 긴 머리칼, 경이로운 얼굴은 그에게 자기 운명을 확신하게 만드는 결정적인 에피파니가 된다. 그 결과 스티븐은 "잘못을 저지르고 타락할망정, 결국 승리하고 삶에서 삶을 재창조하는" 예술가의 삶을 시작하겠다고 하는데, 이로써 『젊은 예술가의 초상』에서의 에피파니는 완성이 되는 것이다.

3. 미학이론

1) 미의 정의

『젊은 예술가의 초상』에서 스티븐을 통해 제시되는 미학 이론은 크게 세 부분으로 나눌 수 있는데, 선과 미의 차이 와 미와 진리와의 유사성, 예술의 정적인 원칙, 그리고 미 를 인식하는 세 단계가 그것이다. 먼저 선과 미의 차이점 은 학감과의 대화에서 나타난다. 여기서 학감은 "예술가의 목적은 아름다움을 창조하는 것"이라고 정의하면서, 스티 븐을 예술가로 지칭하며 그의 미학이론을 전개시킬 계기 를 마련해 준다. 이에 스티븐은 아퀴나스의 『신학대전』에 나오는 글귀를 인용해서, "눈에 즐거운 것은 아름답다Pulcra sunt quae visa placent"라고 대답한다. 이 같은 답변에 대해 학감 은 자신들 앞에 있는 "불fire"이 눈에 즐거운 것이라고 단정 하면서, 그렇다면 그 불에서 미를 인식하는 것이 가능한지 를 묻는다. 학감의 두 번째 질문에 답하는 그는 또다시 아 퀴나스의 "욕망을 만족시키는 것은 선이다Bonum est in quod tendit appetitus"라는 말을 인용한다.

스티븐은 이렇듯 자기 미학이론의 원칙을 "눈에 즐거운 것은 미"이고 "욕망을 만족시키는 것은 선이다"라는 아퀴나스의 이론에서 출발하고 있다. 『영웅 스티븐』에서 버트 신부와 미학에 관해 토론을 벌일 때 주인공인 스티븐이 선과 미에 대해 어떠한 언급도 하지 않는다는 점에 비춰 보면, 『젊은 예술가의 초상』에서 그 두 가지를 구별하려 한 것은 조이스가 작품을 수정하면서 줄곧 미학이론에 관심을 기울였고 또 그것을 논리적으로 발전시키려 한 노력이라 하겠다. 그런데 아퀴나스가 미는 모든 사람들이 추구하는 것으로 선과 더불어 욕망을 순화하는 기능이 있다는 입장에서 양자가 본질적으로는 동일한 것이라고 주장하는 데 반해 스티븐은 미를 선과 악으로 구분하여 전자가 후자에 비해 우월한 개념이라고 설명한다. 물론 아퀴나스도 미는 보는 것만으로 충분하지만 선은 행위가 필요하다는 입장에서 양자 사이의 인식을 차별화한다. 하지만 양자는 방법론의 차이일 뿐 스티븐의 생각처럼 비교우위의 개념은 아니라고 생각했다. 스티븐은 아퀴나스의 용어로 시각에 의해서 인식된 "불은 아름다운 것"이라는 점에는 동의하지만, 그것이 욕구를 유발한다면, 더 이상 지고한 미가 아니라 그에는 미치지 못하는 선이라고 주장한다. 이러한 예로 그는 사람이 좋은 것을 보면 가까이 가려 하고 싫은 것을 보면 멀어지려 하는데, 이는 바로 선이 일으키는 감정이지 미가 일으키는 감정은 아니라는 것이다. 이렇듯 그는 선과 미에 분명히 차이가 난다고 생각했다.

스티븐은 이 문제를 구체적인 일화를 통해서 제시하고 있는데, 그는 바이런이 부도덕한 생활을 했기 때문에 훌륭한 시인이 못 된다는 헤런Heron의 말에 단호히 반대한다. 그의 이러한 태도는 미를 선과는 구분해야 한다는 확고한 원칙에서 나온 것이다. 그는 사생활과는 관계없이 바이런이 아름다움을 유발하는 작품을 썼기 때문에 우수한 시인이라는 입장을 고수한다. 이 같은 신념을 바탕으로 그는 미를 창조하는 데 관심이 있는 작가를 '창의적인 예술가'로, 그리고 선을 창조하는 데 관심을 두는 작가를 '생산적인 예술가'로 구분 짓는다. 그에 따르면, 아퀴나스가 말하는 선은 정적인 것과는 반대로 저급한 욕망을 불러일으키는 동적인 것으로서 진정한 예술이 아닌 그릇된 예술과 흡사하다는 것이다.

기실 미라는 것은 아름다운 것을 가리키기 위해 주로 사용하는 용어로서 이 경우 아름답다는 것은 선이 의미하는 것과 동일한 것으로 보이기도 한다. 그리고 실제로도 수 세기 동안 선과 미에 대한 해석은 밀접하게 연관되어 있었다. 그러나 일반적으로 사람들은 단지 좋아하는 것뿐만 아니라 소유하고 싶어 하는 것들까지도 선한 것으로 간주하려는 경향이 있다. 인간은 자연스레 소유에 대한 욕망을 품기도 하는데, 이때 그러한 욕망을 자극하는 것이 선으로 해석된다. 이와 구별되는 것으로서 미는 인간의 욕망을 자극하는 것과 상관없이 아름답게 인식되는 것을 뜻한다고 볼 수 있다. 물론 작품에서 스티븐에 의해 등장하는 선과 미를 구별하는 이론을 조이스가 처음 만들어 낸 것은 아니다. 그리스 시대 크세노폰의 『소크라테스 회상기』를 보면, 아리스티포스와의 대화에서 소크라테스는 선과 미가 다를 수 있음을 시사한다. 하지만 조이스는 목적에 따라 두 가지가 같거나 다를 수 있다는 원칙적인 구별을 넘어 욕망의 자극을 받지 않으면서 자체적으로 아름다움을 발현시키는 것을 미로 규정한다. 이에 반해 선은 개인적인 욕심이나 이기심에 의해 영향을 받을 수도 있다는 입장이다. 따라서 그는 아퀴나스의 선을 인간의 고유한 지성과 상상력의 결정체인 미를 인식하는 지각 작용의 과정인 '진리'라는 용어로 대체하여 사용한다.

스티븐은 미와 진리에 관한 설명에서, 지각과 인식이 가능한 것에서 상상력을 매개로 하여 관망하는 것을 미로, 그러한 지각 작용의 움직임 자체를 포착하는 순간을 진리로 규정한다. 그는 특히 문학예술이 이 같은 조건에 잘 적용되는 것으로 보았다. 그 이유는 '문자'로 쓰인 작품은 지각과 인식이 명료함은 물론 감식과 연상이라는 상상력을 발휘하기 때문이다. 이런 의미에서, 그는 미와 진리가 마음의 정적인 상태를 유발하는 데 있어 긴밀한 관계에 있다고 설명한다. 미와 진리가 유사하다는 입장은 「희랍 항아리의 노래」에서 존 키츠의 "미는 진리요, 진리는 미"라는 구절을 연상시킨다. 클리언스 브룩스는 『잘 빚은 항아리』에서 키츠의 이 구절을 설명하면서 그가 미와 진리를 완전히 동일한 상태로 보고 있다고 말한다.

스티븐은 이 둘의 관계를 보다 명확하게 하기 위해 플라톤의 "미는 진리의 광휘Beauty is the splendour of truth"라는 말을 재차 인용한다. 플라톤은 최고의 미는 현상이 아닌 이데아이고 그런 이데아가 바로 진리라고 주장한다. 그런데 그는 예술이 바로 그러한 이데아를 모방하는 것이기 때문에 부정적인 것으로 보았다. 플라톤은 『공화국』에서 모방 예술은 진실에서 멀어진 채 작품을 완성하는 것이자 지성과도 멀리 떨어진 채 건전하지도 참되지도 않은 것이라고 주장한다. 그의 주장은 모방 예술이란 이미 그 자체로는 별 가치가 없기 때문에, 보잘것없는 능력과 결합되어 보잘것없는 결과를 만들어 내는 것이라는 말이다. 따라서 그는 예술을 젊은이들에게 비교육적인 것으로 단정하고, 그것을 비례와 조화 그리고 수학적 개념에 토대를 둔 기하학적 형태의 미로 대체해야 한다고 말한다.

　그러므로 스티븐은 미와 진리를 동일한 개념으로 정의할 때는 플라톤의 개념을 받아들이지만, 그것을 실제 예술이론에 적용할 때는 모방은 새로운 것을 창조하는 것이라는 아리스토텔레스의 개념을 따른다. 이것은 그가 예술의 정적인 원칙을 설명하면서 아리스토텔레스의 비극적 개념에 의존하는 것에서도 확인된다. 이렇게 볼 때 스티븐은 미가 이 세상을 초월하여 이데아의 영역에 존재할 뿐이라는 플라톤의 이론에 얽매이지 않은 것이 분명하다. 그는 지금 이 세상에서 보고 느끼는 것에서 아름다움을 발견하는 것은 충분히 가능하다고 주장한다. 따라서 그가 "눈을 즐겁게 하는 것을 인식"하는 것이라는 아퀴나스의 문구를 인용할 때, 그는 시각의 의미인 "Visa"를 단순히 청각과 더불어 인식에 부합하는 '물리적인 눈'으로만 보는 것에 국한하지 않는다. 스티븐은 시각을 미각이나 후각, 촉각 같은 인식의 통로를 통해서 느끼게 되는 심미적 이해를 망라하는 개념으로까지 확대한다. 그것은 미각, 후각 그리고 촉각은 시각과 청각에 비해 큰 근접성과 잦은 접촉이 요구되지만 미를 인식시키기에는 충분하기 때문이다. 그리고 이는 『젊은 예술가의 초상』에서 스티븐이 이 세상을 시각, 청각, 미각, 후각, 촉각 등의 감각을 통해 의식을 확대해 나가 결국 자신의 미학 이론을 설명하게 되는 과정과 무관하지 않다.

2) 예술의 정적인 원칙

그런데 여기서 미와 진리가 마음의 정적인 상태를 유발한다는 말은 인간의 절대적인 지성과 상상력을 자극하는 '예술의 정적인 원칙'으로 조이스의 미학이론 중 두 번째 특징이 된다. 스티븐은 린치에게 "예술은 관찰자에게 정적인 상태를 유발해야 한다"고 주장하는데, 이는 창조적인 예술가는 선이 아니라 미에 관심을 가져야 한다는 그의 첫 번째 미학에 관한 원칙을 적용한 것이다. 그는 정적인 상태란 '비극적 정서' 혹은 '극적인 정서'에 반응하는 것으로, 욕망이나 혐오감만을 일으키는 동적인 상태와는 대립되는 것으로 본다. 스티븐은 이러한 개념을 '진정한 예술'과 '그릇된 예술'을 구분하는 기준으로 삼는다. 그는 진정한 예술이 차분한 감정과 조용한 명상으로 극적인 상태, 즉 마음이 정지되는 인식의 상태를 유발하는 데 반해, 그릇된 예술은 심리적인 고통으로 인해 그러한 상태에 이르지 못하게 하는 것으로 설명한다. 다시 말해 어떤 예술작품이 그것을 보는 사람에게 욕망이나 혐오를 자극한다면, 그것은 진정한 예술 혹은 창조적인 예술이라 할 수 없다. 따라서 예술가가 표현하는 미는 단순히 동적인 정서나 물리적인 감각을 자극하는 것이 아니라, '심미적 정적 상태'를 지속적으로 일깨우는 것이라야 한다.

이에 린치는 프락시텔레스가 만든 비너스상※의 엉덩이를 예로 들면서, 미적인 대상도 동적인 감정을 불러일으킬 수 있다고 반박한다. 그러자 스티븐은 인간에게도 동물적인 속성이 있음은 인정한다. 하지만 그는 인간이 정신세계에 살고 있다는 점을 강조하면서, 그릇된 심미적 방법에 의해 자극되는 욕망이나 혐오가 실제로는 비심미적 감정에 지나지 않는다고 설명한다.

"넌 예술이 욕망을 자극해서는 안 된다고 말하고 있어." 린치가 말했다. "전에도 말했지만, 난 어느 날 박물관에 있는 비너스상의 엉덩이에다 연필로 이름을 써넣었어. 그건 욕망이 아니었나? … 그런 점에서, 우린 모두가 동물이라 할 수 있지." 스티븐은 점잖게 답변했다. "나 역시 동물이고." "그래 넌 동물이야." 린치가 말했다. "그러나 우린 바로 지금처럼 정신적인 세계에 살고 있어." 스티븐이 말을 받았다. "부적당한 심미적 수단에 의해 자극을 받은 욕망이나 혐오는 성격에 있어서 동적일 뿐만 아니라 육체적인 것을 뛰어넘을 수 없기 때문에 실제로는 비심미적 감정이라고 할 수 있지."

이처럼 스티븐은 어떤 대상이 욕망이나 혐오감을 불러일으킨다면, 그때 느끼는 감정은 미적 감정이 아니라 신경계의 단순한 반사 작용인 비심미적 반응에 지나지 않는다는 견해를 피력한다. 그는 "예술이란 지각할 수 있고 인지할 수 있는 것을 심미적으로 표현하는 것"이라고 말하면서, 예술의 목적 혹은 효과는 정적인 상태에서 아름다움을 인식하게 하는 것이라고 주장한다.

스티븐은 예술의 정적인 상태를 설명하면서는 아리스토텔레스가 『시학』에서 말한 '카타르시스'라는 개념을 차용한다. 그는 카타르시스를 유발하는 비극적 정서를 자신이 말하는 정적인 상태와 같은 것으로 보고 그러한 정서 중 특히 '연민과 공포'에 주의를 기울인다. 연민과 공포는 아리스토텔레스가 '비극적 삼성'이라 불렀던 것을 조이스가 주목하고 차용한 것이다. 비극적 감정이란 피상적인 겉모습을 넘어서 황홀한 상태에 이르게 하는 감정을 말한다. 아리스토텔레스는 이러한 감정을 연민과 공포라고 말했다. 그런데 『젊은 예술가의 초상』에서 스티븐은 "연민과 공포는 아리스토텔레스가 정의한 것이 아니라 내가 한 것이다"라고 말한다. 여기서 연민과 공포에 대한 스티븐의 정의는 모든 예술가에게 중요한 개념이다. 연민은 인간의 고통에 내재하는 심대하고도 지속적인 어떤 것 앞에서 사람의 마음을 사로잡는 감정이다. 그 감정은 호소력이 있으며, 고통받는 인간과 하나가 되도록 한다. 조이스는 아리스토텔레스가 공포를 두려움과 구별해서 정의한 것을 받아들이는데, 공포는 고통을 넘어서는 지고의 존재에 대한 고요한 경험이다. 즉 그것은 고통 안에 있는 심대하고도 지속적인 것 앞에서 마음을 사로잡는 감정이며, 그러한 마음을 움직이게 하는 '은밀한 원인Secret Cause'과 하나가 되게 하는 감정이다.

그런데 여기서 스티븐이 말하는 연민과 공포의 개념도 아리스토텔레스의 개념을 단순히 반복하는 것이 아니라 조이스 자신의 경험을 가미한 것이다. 조이스는 스티븐이 돌란 신부로부터 매를 맞는 장면에서 이 두 가지 정서가 드러나도록 한다. 그는 스티븐으로 하여금 매를 맞는 순간 극도의 '공포'를 느끼게 하고 부풀어 오른 손을 보면서 자기 '연민'에 빠지게 한다. 이후 제3장에서는 이 두 가지 정서가 폭넓게 반복되는데, 조이스는 여기서 공포와 연민을 동시에 느낄 수 있는 비극적 정서를 정적인 상태와 동일시하려고 노력한다. 그는 공포와 연민이라는 두 가지 비극적 정서가 사람들의 마음속에 동적인 상태가 아닌 정적인 상태를 일으키고 유지시킨다고 말한다. 더욱이 그는 아리스토텔레스에서 더 나아가 비극뿐만 아니라 희극도 그것이 욕망과 혐오라는 동적인 감정이 아니라 정적인 감정을 유발한다면, '진정한 예술'이 될 수도 있다는 주장을 편다. 조이스는 아리스토텔레스와는 달리 희극과 비극이라는 특수한 형태에 관해서는 별다른 언급을 하지 않으며, 그의 관심은 오로지 연극뿐만 아니라 소설에서도 '희극적'이거나 '비극적'인 효과에 집중되어 있다. 그는 희극이든 비극이든 심리에 끼치는 영향에 있어서는 궁극적으로 동일한 것으로 보고 있다.

3) 미 인식의 3단계

스티븐이 말하는 미학이론 중 마지막 특징은 미를 인식하는 세 단계에 관한 것인데, 이는 아퀴나스의 전일성, 조화, 그리고 명료성이라는 세 가지 신학적인 이론에 근거한 것이다. 이를 풀이해 보면, 첫 번째 '전일성'은 한 가지 사물의 전부로서 미학적인 이미지를 가지는 완성이라는 의미의 '전체'이며 두 번째 '조화'는 균형과 리듬감 있는 구조를 바탕으로 한 사물의 복잡다단한 각 요소들이 유기적인 조화를 이루는 '하모니'이고, 마지막으로 '명료성'은 완성과 조화를 바탕으로 그 사물이 제3의 놀라운 의미나 감흥을 생성하는 '광휘'로서 미의 3대 요소가 된다. 아퀴나스의 의미로 본다면, 이 세 요소는 전체를 유기적으로 연결하는 부분이면서 동시에 하나하나의 요소가 그 자체로 예술 세계를 구성하는 독립성을 갖추고 있어, 예술 세계는 그 자체로 전일성이며 조화이고 광휘인 것이다.

이런 성격 때문에 세 가지는 서로 이질적이면서도 동일한 것으로 보이기도 한다. 그리고 이는 아퀴나스가 삼위일체의 성부, 성자, 성령을 그의 중요한 미학개념과 동일시한 이유이기도 하다. 그는 성부를 전일성, 성자를 조화, 마지막으로 성령을 빛으로 간주하는데, 이는 하느님의 진리와 미를 빛으로 간주하는 중세 신플라톤주의의 전통을 이어받은 것으로 여겨진다. 스티븐은 앞서 아퀴나스가 말하는 두 번째 조건인 조화까지는 그대로 수용하였다. 하지만 그는 미의 지고한 본질이 다만 빛이라고 하는 아퀴나스의 상징주의나 관념론에 대해서는 다소 수정을 가한다. 그는 스콜라 철학에서 말하는 실재라는 의미의 'Quidditas'라는 의미를 받아들여 명료성인 'Claritas'를 광휘인 'Radiance'로 설명하고, 고답적인 것에서 벗어나 미학에 새로운 특성을 부여할 이론을 적극적으로 표출하기에 이른다.

먼저 스티븐은 전일성, 조화, 그리고 광휘라는 미 인식의 세 단계를 푸줏간에서 한 소년이 머리에 뒤집어 쓴 광주리를 보며 설명하기 시작한다. 그에 따르면, 우선 마음은 한 가지 사물의 이미지(광주리)를 그 밖의 모든 것으로부터 분리하려 한다. 다시 설명하면 미 인식의 첫 단계는 '직감의 종합'이라 할 수 있는데, 이는 어떤 미적 이미지는 먼저 그것이 아닌 공간이나 배경에 대해 경계선을 가지며 자체의 내용을 가짐으로써 명료하게 인식될 수 있어야 한다는 의미이다. 모든 대상은 미적인 것으로 인식되기에 앞서 그것이 한 사물로서 보이는 '통합된 전체'가 되어야 한다. 통합된 전체는 전일성으로서 조이스는 작품에서 이를 스티븐이 자신을 고립시키는 과정에 적용하여 설명한다. 스티븐의 유년 시절 감각적인 차원에 머물던 그의 고립감은 성장하면서 정서적이고 지성적인 차원으로 변형되고, 마침내는 예술의 사제가 되기로 결심하고 마비된 환경으로부터 탈출을 시도하게 하는 동력으로 작용하게 된다.

예술가로 향하는 스티븐은 가톨릭 신자로서의 의무감이나 가족이나 친구들과의 사랑이나 우정 그리고 아일랜드인들의 민족주의를 온전히 떨쳐 버려야 한다. 예술가가 되려면 먼저 그러한 속박으로부터 벗어나야 하고, 자기만의 고독을 경험한 후에야 필요한 인간관계를 발견할 수 있기 때문이다. 그는 돌란 신부로부터 부당한 처벌을 받은 후 교장 선생님의 면담을 통해 처음으로 사회적 승리감을 만끽하는데, 이때도 그는 환호하는 아이들로부터 도피하고자 하며 그들로부터 벗어나 고독해진 후에야 행복과 자유스러움을 느낀다. 이 순간 그가 느낀 해방감은 사회적인 인정보다는 자신의 이름을 지켰다는 명예심에서 나온 것으로, 이는 그가 예술가로 성장하고 이후 예술작품에서 개성을 지닌 존재로서 자신의 미학이론을 정립하는 데 중요한 시발점이 된다.

그다음의 단계는 바로 '인식의 분석'인데, 이 단계는 하나의 사물이 복잡한 별개의 부분들로 구성되어 있으며 부분과 부분, 부분과 전체 사이에 조화가 있다는 것을 인식하는 과정이다. 작품에 적용된 각 부분과 전체 사이의 조화는 스티븐이 속한 주변 환경이나 그가 고리를 형성하는 인간관계에서 찾아볼 수 있다. 스티븐은 예술가로 성장하기 위해 주변으로부터의 고립을 감행하지만, 그럼에도 불구하고 주변에는 언제나 자신의 고립감을 털어놓을 만한 친구나 가족이 남아 있다. 그가 가정, 종교, 그리고 국가라는 속박을 벗어나기로 결심했을 때, 그는 서둘러 자신의 뜻을 그들에게 알리고 그들의 반응에 촉각을 곤두세우며 지지를 기대한다. 이렇듯 스티븐과 주변 사람들과의 조화는 스스로 선택한 고립감을 견디어 낼 수 있는 힘이 된다. 조이스는 작품의 형식을 통해서도 조화의 기능을 보여 주는데, 그것은 각 문장들이 보여 주는 음률상의 울림, 각 단어들의 상호 관계, 반복되는 구절, 평행 구조, 순환적인 이미지, 의식과 보다 덜 의식적인 단계에서의 복잡한 구성 등의 활용을 통해서이다. 그리고 그의 미학이론에서 조화를 통한 미는 인식의 대상이라는 전제하에 어떤 사물의 구성 안에서 아름다움을 유발하는 법칙성을 찾으려는 단계라고 할 수 있다. 그러므로 이 단계는 관찰자가 대상이 된 사물의 비율과 균형, 색채나 형상, 빛의 강도 등이 모두 망라되는 구조의 음률을 느끼는 단계이다.

그러나 첫 번째와 두 번째 단계에서는 대상의 미가 완전히 인식되었다고 볼 수 없다. 왜냐하면 대상의 미가 충분히 인식되기 위해서는 또 하나의 최종적인 단계가 필요하기 때문이다. 어떤 예술품이 훌륭하게 완성되었다면, 그것은 사람의 마음을 사로잡을 수 있으며 그것 자체로 충분히 만족스러운 것이다. 따라서 미는 강요됨이 없이 스스로 발현되며 자연스럽게 인식되는데, 이때야말로 초월적인 황홀감을 경험하게 되는 지고의 순간이라 할 수 있다.

이는 'Radiance'의 단계로서 예술품을 감상하는 사람들은 그처럼 지고의 순간에 아름다움이 주는 광대한 영역과 힘을 인지할 수 있다. 또한 이 단계는 아퀴나스가 말하는 미의 속성인 명료성과 정확히 일치하는데, 조이스는 그 용어가 지니는 종교적인 함축성과 그것이 지니는 상징성을 고려해서 그것을 광휘로 번역하고, 이것을 '한 사물의 본질'인 'Quidditas'와 동일선상에 놓는다. 아퀴나스의 명료성과 스콜라 철학의 'Quidditas'는 전자가 상징적인 것이나 이상적인 것에 그리고 후자는 가시적인 것이나 만질 수 있는 것에 더욱 적합한 용어로 볼 수 있으나, 조이스는 이를 광휘로 재해석하고 자신의 미학이론에 중심적인 용어로 사용한다.

광휘가 발현되도록 하는 데 가장 중요한 것은 낱말의 선택과 배열, 즉 작품의 문체라고 할 수 있다. 조이스는 먼저 수백 개의 낱말을 알맞게 배열해서 상호 유기적인 관련을 맺도록 한다. 이렇게 해서 발현된 광휘는 예술적 황홀감이 고양되어 나타나는 것으로 최고조의 미 인식에서 얻게 되는 환희를 경험하는 단계이다. 이는 어떤 사물에 잠재되어 있는 숨겨진 의미를 예술적으로 발현하고 재현함으로써 본래보다 더 광채가 나도록 하는 에피파니의 단계이기도 하다. 이렇게 본다면, 전일성, 조화, 그리고 광휘라는 세 단계가 개별 혹은 전체적으로 유기적인 관계로 빛을 발할 때, 즉 대상이 에피파니화될 때 사물의 미가 발현된다는 정리가 가능할 것인데, 틴달Tindall은 에피파니의 생성 과정을 다음과 같이 설명한다.

직관에 의해 직접 인식된 전일성은 스티븐이 직면하고 있는 바로 그 상황처럼 도덕적으로나 인간적으로 어떤 작품이 주변과 완전히 별개로 분리되어 자립하면서 존재하는 것을 의미한다. 이렇게 독립적으로 존재하는 사물은 부분과 부분, 부분과 전체, 개별 요소와 전체 요소 간의 긴밀한 연관성을 가지고 조화를 이루며 조화는 비평의 과정처럼 분석을 통해 인식된다. 전일성과 조화는 한데 어우러져 광휘나 에피파니를 생성한다.

이처럼 미학적 이미지의 완성은 이 세 단계가 에피파니로 구현될 때 이루어지는데, 스티븐이 말하고 있는 예술작품에서의 에피파니는 한마디로 '갑작스럽게 나타나는 정신적인 계시'를 뜻한다고 볼 수 있다.

그는 『영웅 스티븐』에서 "사소한 말투나 몸짓 혹은 기억될 만한 잊지 못할 것에서 순간적으로 일어나는 지극히 섬세한 것"이 에피파니이고, 그것을 기록하는 것이 예술가의 임무라고 주장하는데, 에피파니가 가장 심화된 형태로 적용된 작품이 『젊은 예술가의 초상』이다. 에피파니는 광휘가 그 전일성과 조화를 바탕으로 사물의 본질을 찬란하게 드러내는 찰나인데, 이 순간이야말로 정신적인 충족감을 극대화하는 '심미적·정적 상태'를 느끼는 때이다. 조이스는 이 순간을 신성한 상태와 같다고 생각했고, 그렇기 때문에 이러한 상태를 지칭하는 용어를 에피파니라는 종교적인 개념에서 끌어온 것이다. 하지만 그는 여기서 그치지 않고 이 용어가 지니는 의미를 예술 창작의 기법과 목적이 되도록 힘썼다. 그는 예술가가 자신의 경험을 바탕으로 창작할 때 마음속에서 일어난 것을 정확히 전달하는 것이 중요하다는 것과 창작의 과정에서 예술가의 상상력을 표현하는 방식으로서의 상징의 유효함을 알고 있었다.

4) 예술의 세 가지 형식

조이스는 스티븐을 통해 예술의 형식을 서정적, 서사적, 그리고 희극적이라는 세 가지 유형으로 나누고 있는데, 이 부분은 예술의 본질이나 미에 관한 것이 아니라 예술의 창작이나 작품과 예술가와의 관계에 관한 것이다. 그는 린치에게 예술의 형식은 궁극적으로는 심미적 효과를 인식하는 방법으로 진전되는 방식에 따라 세 가지로 나눌 수 있다고 설명한다. 그런데 예술의 형식을 다루는 이 부분은 아리스토텔레스와 토마스 아퀴나스의 미학원리를 변용해서 예술의 본질과 미를 설명한 논리에 비해 객관성에서 앞선다. 스티븐이 말하는 세 가지 형식은 근본적으로 독일 관념론자들의 미학이론에 바탕을 둔 것인데, 그중 『헤겔의 미학』이 직접적인 틀이 되고 있다. 헤겔은 조형 미술에 관한 강연에서 시는 조형적 또는 회화적(서사시), 암시적, 음악적(서정시) 양상을 띠게 되고, 이 다양한 시형들은 희극에서 종합된다고 주장했다. 그는 서사시를 객관적인 것으로, 서정시를 주관적인 것으로, 따라서 양자를 대립적인 것으로 설정하고 희극을 양자의 종합이라는 변증법적 구조로 보았다.

이에 스티븐은 "예술가가 자신의 이미지를 자기 자신과 직접적인 관련짓는 형식을 서정적, 그것을 자기 자신과 남에게 간접적으로 연관시키는 것을 서사적, 그리고 자신의 이미지를 남과 직접적인 연관 속에 두는 것을 극적인 것"으로 예술의 형식을 분류한다.

물론 여기에는 헤겔과 동시대인이면서 프리드리히 슐레겔Friedrich Schlegel로부터 함께 영향을 받은 셸링Schelling도 고려의 대상이 된다. 셸링 역시 서정시를 주관적인 것으로, 서사시를 객관적인 것으로 그리고 극에서 양자가 종합되는 것으로 보았다. 그러나 그는 헤겔과는 달리 서정시, 서사시 그리고 극을 변증법적 구도가 아닌 단일한 흐름으로 설명한다. 셸링의 주장은 『크롬웰에 관한 서문』에서 빅토르 위고가 인간의 역사를 논하면서 차용한 예술의 형식과 진행 과정과 일치한다. 위고는 인간의 역사를 예술의 발전 과정에 비유하면서 서정시를 '원시시대', 서사시를 '고대', 그리고 극을 '현대'의 매체로 간주했다. 위고에 오면 슐레겔로부터 처음 제기되었던 주관과 객관이라는 개념과 헤겔에서 두드러졌던 변증법적 구도는 완전히 사라진다. 하지만 이들이 내세웠던 문학 형식의 세 가지 구조는 한 세기가 지나 조이스에서 동일한 형태로 되풀이된다. 이렇게 본다면, 예술이론에 관한 조이스의 이론은 슐레겔, 위고, 셸링과 헤겔 등의 이론이 병합되어 나타난 결과라고 할 수 있다.

조이스는 첫 번째 문학 장르로서의 서정시를 "순간적인 감정을 가장 단순한 언어로 표현하는 형식"이라고 말한다. 서정시는 주관적인 것이며 내면적 세계에서 느끼고 숙고한 내용을 담는다. 반면에 "서사시는 예술가가 자신에 대해 숙고하는 서정시로부터 벗어나 외관상 보이는 것을 기술"하는 것이다. 메취Metscher와 스촌디Szondi는 헤겔의 예술 형식을 다루면서 서사시의 특성을 객관적인 것 자체를 객관적으로 나타내는 것이라고 말한다. 이는 스티븐이 서사시는 자신과 타인과의 등거리를 유지하면서 '감정의 축'을 형성하는 것이라고 말하는 것과 비슷한 개념이다. 헤겔은 서정시와 서사시를 극시라는 새로운 형식으로 결합시킨다. 극시에서 객관적인 것은 주관적인 것으로, 주관적인 것은 객관적인 것으로 표출된다. 스티븐은 이러한 상태에서 예술가를 '창조의 하느님God of the Creation'에 비교한다. 즉 그는 예술가가 창조의 하느님처럼 자신의 존재로부터 정제되어 작품에는 직접 드러나지 않아야 한다고 주장한다.

스티븐은 극적인 형식을 가장 진보된 예술로 간주하는데, 이 형식에서는 예술가의 외침이나 선율 그리고 기분에 불과한 개성까지도 리듬감 있고 유연한 서술이 되며 결국엔 정제되어 비개성화가 된다. 이는 T. S. 엘리엇이 「전통과 개인의 재능」에서 말하는 비개성화 이론이나 W. B. 예이츠의 「마스크The Mask」에 나타난 마스크 이론과 동일한 것으로, 예술 형식의 현대적인 특성이라 하겠다. 따라서 예술 형식을 다루는 부분에서는 조이스가 그 이전의 미학이론에 비해 비교적 많은 학자들의 이론을 객관적으로 수용하고 있음을 알 수 있다. 하지만 조이스는 에피파니를 통해 극적 형식을 강화하였고, 또한 그것을 작품에 적극 활용하고 있다는 측면에서 개성과 독창성이 있다.

9장

나가면서

위대한 모더니스트였던 조이스는 문학에 대한 열정과 언어에 대한 실험으로 현대의 서사시를 창조했다는 찬사를 받았다. 그는 아일랜드의 정치나 종교적인 위선을 견딜 수 없었고, 그 때문에 가족을 떠날 수밖에 없었다. 하지만 그에게 그가 떠난 아일랜드와 그가 살았던 더블린은 언제나 특별한 장소였다. 실제로 그가 쓴 모든 글들은 아일랜드의 더블린에 기초한 것이었다. 조이스는 시를 쓰기 시작하면서 신앙심을 대신할 영적인 삶을 예술에서 찾게 되는데, 그는 동생인 스태니슬로스에게 종교를 버리고 예술가로서의 소명을 받아들이게 된 이유를 다음과 같이 설명했다.

미사의 신비와 내가 하려고 하는 것 사이에는 비슷한 점이
있어. 내 말은, 난 시를 통해서 일상생활이라는 빵을 그 자체
로 영구적이라 할 수 있는 예술적인 삶으로 개종시킴으로써
독자들에게 지적인 쾌감이나 영적인 즐거움을 주려는 거야.

이 말은 조이스의 예술적인 신념을 단적으로 설명해 준
다. 문학을 통해 그가 추구하려고 했던 궁극적인 목적은 아
일랜드의 전통을 세우는 것이었다. 그는 입센의 73번째 생
일을 맞아 보낸 편지에서 그때까지 아일랜드가 유럽 문학
에 기여할 만한 작품을 생산해 내지 못했다고 아쉬워한다.
이는 당대만 하더라도 이미 W. B. 예이츠나 G. B. 쇼 등 뛰
어난 작가들이 많았다는 점을 고려하면 역설적인 평가이
다. 하지만 조이스의 아쉬움에는 나름의 이유가 있었다. 그
는 아일랜드의 대표적인 작가들이 아일랜드의 전통을 순수
하게 표현해 내지 못했다고 생각했다. 그는 자기 시대까지
의 아일랜드 문학이 주로 앵글로 아이리시나 프로테스탄트
작가들에 의해 이어져 온 것으로, 중산층이나 상류층의 모
습만을 대변한다고 믿었다. 조이스는 그들처럼 특정 계급

의 관습을 대변하거나 따르지 않았다. 그가 문학을 통해 이
루려 한 것은 켈트인들에 의해 만들어진 아일랜드의 순수
한 전통을 세우는 것이었다.

제임스 조이스의 주요 작품

『실내악*Chamber Music*』(1907)

『더블린 사람들*Dubliners*』(1914)

『젊은 예술가의 초상*A Portrait of the Artist as a Young Man*』(1916)

『망명자들*Exiles*』(1918)

『율리시스*Ulysses*』(1922)

『한 푼짜리 시집*Poems Penyeach*』(1927)

『피네건스 웨이크*Finnegans Wake*』(1939)

제임스 조이스의
삶과 시대

1882년 2월 2일   아일랜드의 더블린Dublin에서 태어남.

1888년   예수회의 명문사립인 클롱고즈 우드 칼리지Clongowes Wood
College에 입학.

1893년   더블린, 벨비디어 칼리지Belvedere College에 입학.

1899년   유니버시티 칼리지 더블린University College Dublin에 입학.

1900년   입센Ibsen에 관한 기사를 『포트나이틀리 리뷰Fortnightly Review』
에 발표.

1901년   빅토리아 여왕의 사망.

1902년   파리로 가서 의학을 공부함.

1903년   어머니의 죽음으로 파리에서 돌아옴.

1904년   '블룸스데이Bloomsday'로 기억되는 6월 16일 노라 바나클Nora
Barnacle을 만남.

1905년   트리에스테Trieste로 떠남. 아들 조지오Giorgio가 태어남.

1907년   딸 루치아Lucia가 태어남.

1914년   『더블린 사람들Dubliners』을 출판함. 『젊은 예술가의 초상A
Portrait of the Artist as a Young Man』이 시리즈 형식으로 『에고이스

트_Egoist_』에 연재됨. 제1차 세계대전 발발.

1915년 중립국인 스위스의 취리히로 감.

1916년 미국에서 『젊은 예술가의 초상』을 출판함.

1919년 유일한 희곡인 『망명자들_Exiles_』을 출판함. 『율리시스_Ulysses_』가 『리틀 리뷰_Little Review_』에 연재되기 시작함.

1922년 실비아 비치Sylvia Beach의 도움으로 파리의 셰익스피어 앤드 컴퍼니에서 『율리시스』를 출판함. T. S. 엘리엇Eliot의 「황무지_The Waste Land_」가 나옴.

1923년 『피네건스 웨이크_Finnegans Wake_』의 집필을 시작함. W. B. 예이츠Yeats의 노벨문학상 수상.

1926년 G. B. 쇼Shaw의 노벨문학상 수상.

1927년 『한 푼짜리 시집_Poems Penyeach_』을 출판함.

1931년 런던에서 노라 바나클과 결혼.

1934년 미국에서 『율리시스』가 출판됨.

1936년 영국에서 『율리시스』가 출판됨.

1939년 『피네건스 웨이크』를 출판함. 제2차 세계대전 발발.

1940년 스위스 취리히로 이사.

1941년 59세의 일기로 취리히에서 사망.

참고문헌

박윤기, 「여성주의 관점에서 읽는 제임스 조이스」, 『영어영문학』, 제
　　　51권 2호(2005): 283-303.

＿＿＿, 「조이스의 에피파니 이론: 『젊은 예술가의 초상』을 중심으
　　　로」, 『현대영미어문학』, 제24권 3호(2006): 67-86.

＿＿＿, 「제임스 조이스 작품에 나타난 물, 물의 언어, 그리고 여성」,
　　　『현대영어영문학』, 제51권 1호(2007): 23-43.

＿＿＿, 「『젊은 예술가의 초상』에 나타난 여성의 이미지와 역할」, 『제
　　　임스조이스저널』, 제9권 1호(2003): 5-25.

＿＿＿, 「『젊은 예술가의 초상』에 나타난 제임스 조이스의 미학이론」,
　　　『영어영문학연구』, 제34권 2호(2008): 41-61.

조이스, 제임스, 『젊은 예술가의 초상』, 김종건 옮김, 범우사, 1995.

＿＿＿＿＿＿, 『젊은 예술가의 초상』, 이상옥 옮김, 민음사, 2003.

Anderson, Chester G., *James Joyce: A Portrait of the Artist as a Young
　　　Man*, Harmondsworth: Penguin Books, 1977.

Beebe, Maurice, "Joyce and Aquinas: The Theory of Aesthetics,"
　　　*James Joyce: "Dubliners" and "A Portrait of the Artist as a
　　　Young Man*," Ed. Morris Beja, London: The Macmillan Press,

1973, 151–157.

Beja, Morris, *"The Joyce of Sex: Sexual Relationships in Ulysses," In The Seventh of Joyce*, Ed. Bernard Benstock, Bloomington: Indiana University Press, 1982.

Brown, Richard, *James Joyce and Sexuality*, Cambridge: Cambridge UP, 1985.

Bulson, Erick, *The Cambridge Introduction to James Joyce*, Cambridge: Cambridge UP, 2006.

Carens, James F., *"A Portrait of the Artist as a Young Man," A Companion to James Joyce Studies*, Eds. Zack Bowen and James F. Carens, Westport: Grenwood Press, 1984, 255–359.

Connolly, Thomas E.(ed.), *Joyce's Portrait Criticisms and Critique*, New York: Appleton-Century-Crofts, 1962.

Daiches, David, *The Novel and Modern World*, Chicago: U of Chicago P, 1960.

Eco, Umberto, *History of Beauty*, Trans. by Alastair McEwen, New York: Rizzoli, 2005.

Edel, Leon, *The Modern Psychological Novel*, New York: Grove Press Inc., 1955.

Ellmann, Richard, *James Joyce*, New York: Oxford UP, 1982.

Farsi, Roghayeh, *Modernism and Postmodernism in James Joyce's Fiction*, Saarbrüken: LAP, 2009.

190

Goldberg, S. L., *James Joyce*, New York: Grove Press, Inc., 1962.

Hodgart, Matthew, *James Joyce: A Student's Guide*, London: Routledge and Kegan Paul, 1973.

Joyce, James, *Dubliners*, New York: Penguin, 1992.

_____, *A Portrait of the Artist as a Young Man*, Ed. R. B. Kershner, New York: Bedford/St. Martin's, 1993.

_____, *Stephen Hero*, Ed. Theodore Spencer, New York: New Direction Books, 1955.

_____, *Ulysses*, Harmondsworth: Penguin Books, 1986.

Joyce, Stanislaus, *The Complete Dublin Diary of Stanislaus Joyce*, London: Conell UP, 1971.

Kershner, R. B., *Joyce, Bakhtin, and Popular Literature*, Chapel Hill: U of North Carolina P, 1944.

Kim, Chong-Keon, *"Ulysses" and Literary Modernism*, Seoul: Han Shin Publishing Co., 1977.

Levin, Harry, *James Joyce: A Critical Introduction*, London: Faber & Faber Ltd., 1971.

Litz, A. Walton, *James Joyce*, Boston: Twayne Publishers, Inc., 1972.

Martin, Levka, *James Joyce: "A Portrait of the Artist as a Young Man": the Creative Process of Stephen Dedalus*, Saarbrükcn: VDM Verlag Dr. Müller Aktiengesellschaft & Co., 2008.

Parrinder, Patrick, *James Joyce*, New York: Cambridge UP, 1984.

Peake, C. H., *James Joyce: The Citizen and the Artist*, Stanford: Stanford UP, 1977.

Scholes, Robert & Marlena G. Corcoran., *A Companion to James Joyce*, Westport: Greenwood Press, 1984.

Shelley, P. B., *"A Defence of Poetry,"* *The Norton Anthology of English Literature*, 5th ed., Eds. M. H. Abrahams *et al.*, New York: W. W. Norton & Company, 1986.

Strathern, Paul, *James Joyce in 90 Minutes*, Chicago: Ivan R. Dee, 2005.

Thornton, Weldon, *The Antimodernism of Joyce's Portrait of the Artist as a Young Man*, New York: Syracuse UP, 1994.

Tindall, William Y., *A Reader's Guide to James Joyce*, New York: Farrar, Straus & Giroux, 1978.

Wright, David G., *Character of Joyce*, New York: Macmillan, 1983.